LE SIÉGE DE GRENADE

TRAGÉDIE EN 5 ACTES ET EN VERS,
DÉDIÉE A L'ACADÉMIE FRANÇAISE,
POUR
LE CONCOURS DU PRIX EXTRAORDINAIRE QU'ELLE A FONDÉ
LE 9 AOUT 1831;

Précédée d'une Dissertation

SUR L'ÉTAT ACTUEL DE L'ART DRAMATIQUE, SUR LES CAUSES DE SA DÉCADENCE, CONSIDÉRÉES SOUS LE RAPPORT DES SYSTÈMES CLASSIQUE ET ROMANTIQUE;

PAR M. MONBRION,
MEMBRE DE PLUSIEURS ACADÉMIES ET SOCIÉTÉS SAVANTES.

Paris,
GALERIE DE BOSSANGE PÈRE, LIBRAIRE DU ROI,
60, RUE DE RICHELIEU.
ET CHEZ BARBA, LIBRAIRE, PALAIS-ROYAL.

1834.

LE SIÉGE
DE
GRENADE,
TRAGÉDIE EN 5 ACTES.

LE SIÉGE
DE
GRENADE,

TRAGÉDIE EN 5 ACTES ET EN VERS,

DÉDIÉE A L'ACADÉMIE FRANÇAISE,

POUR LE CONCOURS DU PRIX EXTRAORDINAIRE QU'ELLE A FONDÉ LE 9 AOUT 1831;

PRÉCÉDÉE D'UNE DISSERTATION,

SUR L'ÉTAT ACTUEL DE L'ART DRAMATIQUE, SUR LES CAUSES DE SA DÉCADENCE, CONSIDERÉES SOUS LE RAPPORT DES SYSTÈMES CLASSIQUE ET ROMANTIQUE;

PAR M. MONBRION,

MEMBRE DE PLUSIEURS ACADÉMIES ET SOCIÉTÉS SAVANTES.

PARIS

GALERIE DE BOSSANGE PÈRE, LIBRAIRE DU ROI,

60, RUE DE RICHELIEU.

ET CHEZ BARBA, LIBRAIRE, PALAIS-ROYAL

1834.

DÉDICACE

A L'ACADÉMIE FRANÇAISE.

A qui pourrais-je faire hommage de cette tragédie si ce n'est à l'Académie française qui m'en a inspiré la première idée par le programme du prix extraordinaire qu'elle a fondé pour la meilleure tragédie en 5 actes et en vers, qui réunira au mérite littéraire, le mérite non moins grand d'être utile aux mœurs et aux progrès de la raison.

Ces conditions si favorables à la littérature et à l'art dramatique, qui longtems séparées devaient enfin se réunir pour produire un pareil ouvrage, imposaient une tâche d'autant plus difficile à remplir, qu'un autre système était généralement suivi, où les mœurs, étaient souvent sacrifiées ainsi que l'art et la raison, pour captiver le suffrage du public par l'horreur des crimes ou des vices les plus avilissants de l'humanité.

L'Académie française en fondant ce prix mémorable, parait avoir eu la louable intention de ramener l'art dramatique à sa véritable destination, aux principes immuables de la saine littérature, qui ont fait la gloire de nos grands poètes tragiques, et qui consistent surtout dans l'expression des plus nobles sentimens du cœur humain, en offrant sur la scène l'exemple des grandes actions et des vertus que nous inspire la religion qui en est la source sacrée.

Je dois l'avouer, c'était peut-être une témérité de ma part d'entreprendre une œuvre aussi importante; mais séduit par une espèce d'inspiration, j'y ai consacré pendant plusieurs années mes veilles avec une persévérance, qui m'a fait surmonter les plus grandes difficultés, dans l'espérance que l'Académie saurait apprécier mon zèle et aurait quelqu'indulgence pour un néophyte du culte de Melpomène.

Un grand obstacle s'est d'abord présenté à mon esprit, c'est celui que j'ai exposé dans la lettre que j'ai eu l'honneur d'adresser à M. le sécretaire perpétuel de l'Académie, résultant de l'une des conditions du programme du prix, qui prescrit que la tragédie destinée au concours doit avoir été représentée. Il est à la connaissance de plusieurs de MM. les honorables membres de l'Académie, que malgré mes plus vives sollicitations, il n'a pas été en mon pouvoir de remplir cette condition.

Le Théâtre Français qui est le seul théâtre où un drame en vers pouvait être représenté, avait adopté un système qui devait donner l'exclusion à une tragédie composée d'après le programme du prix. Ainsi je me trouve dans le cas de perdre le fruit de mes veilles, à moins que l'Académie française par un sentiment d'équité digne de sa loyauté, ne décide dans sa sagesse, s'il ne serait pas convenable d'accorder un délai pour la représentation des pièces du concours, d'autant plus qu'elle ne doit s'occuper du jugement d'après lequel le prix sera décerné, qu'un an au plus tôt après la clôture.

L'Europe littéraire a les yeux fixés sur le jugement que l'Académie doit prononcer dans une occasion aussi solennelle, où il s'agit de la gloire dramatique de la France, si longtems compromise par un système anti-classique. En ouvrant de nouveau le temple de Melpomène au doux empire que doivent y exercer la raison et les mœurs, elle a voulu sans doute élever sur le Parnasse une espèce de phare, dont la brillante lumière doit servir de guide aux auteurs qui s'élancent dans cette glorieuse carrière, où les naufrages ne sont pas moins nombreux que les succès.

A la voix d'un corps aussi illustre, je me suis senti animé d'une noble émulation, et ne consultant que mon zèle, j'ai répondu à cet appel avec toute l'énergie de mon âme. Après de longues méditations, j'ai l'honneur de lui faire hommage du fruit de mes travaux, qui, d'après le vœu de l'Académie ont eu principalement pour objet, de ramener l'art dramatique à l'expression fidèle des plus sublimes sympathies du cœur humain, auxquelles le Théâtre Français dans les beaux jours de sa gloire a été redevable de ses plus brillants succès, et dont l'absence a été une des principales causes de sa décadence.

Le suffrage que j'ambitionne le plus est celui de l'Académie française ; il me sera d'autant plus précieux, que c'est le désir de suivre ses préceptes qui m'a engagé de composer cet ouvrage que je publie sous ses auspices; c'est donc à elle que je serai principalement redevable du faible mérite qu'on pourrait un jour lui reconnaître, ainsi que du degré d'utilité que je me suis efforcé de lui donner en faveur des mœurs et des progrès de la raison, qui dans tous les tems, doivent servir de base à tous les ouvrages de littérature, principalement à ceux qui ont pour objet l'art dramatique, qui exerce une si grande influence sur la destinée morale des peuples.

Paris, ce 5 août 1834.

DISSERTATION

SUR L'ÉTAT ACTUEL DE L'ART DRAMATIQUE, SUR LES CAUSES DE SA DÉCADENCE, CONSIDÉRÉES SOUS LE RAPPORT DES SYSTÈMES CLASSIQUE ET ROMANTIQUE.

L'art dramatique a toujours fait une partie essentielle de la littérature de toutes les nations civilisées : on peut même dire qu'elle en forme la partie la plus brillante ; il a suivi dans tous les tems les progrès de la civilisation, en représentant le tableau fidèle du goût ou des idées régnantes. Dans l'ancienne Grèce où il a pris naissance, le peuple qui était tout-puissant, était représenté dans les drames par des chœurs, qui chantaient la gloire des héros et l'amour de la patrie ; telles sont encore les belles tragédies d'Eschyle et de Sophocle, dont la touchante simplicité ne pourrait plus convenir à notre civilisation ni à nos mœurs.

Si les poètes de la Grèce eurent l'honneur d'inventer ou de perfectionner l'art dramatique, en distribuant leurs drames en dialogues parmi les principaux personnages et les chœurs, les philosophes qui s'occupaient de rechercher les causes de toutes choses et les effets qu'elles devaient produire à une époque où les arts et les sciences étaient encore à leur berceau, ont établi des règles constantes, qui, des représentations incohérentes de Thépis, en ont fait un art qui s'est successivement perfectionné jusqu'à nos jours. Aristote dont les vastes connaissances embrassaient presque toutes les sciences, avait prescrit les trois unités de tems, de lieu et d'action, qui ont été universellement observées; l'auteur dramatique qui dans le siècle dernier s'en serait écarté, aurait encouru la censure genérale , comme ayant manqué aux règles les plus essentielles de l'art.

Depuis cette époque , le goût du public a considérablement changé , l'on s'est permis de négliger l'observation de ces règles conservatrices , auxquelles nos grands poètes tragiques ont été redevables du succès de leurs chefs-d'œuvre. Un autre système a donné naissance à une nouvelle école qu'on appelle romantique , qui n'a plus voulu suivre aucun principe ni aucune tradition. Un esprit indéfini de liberté a fait imaginer l'entière indépendance du poète qui a cru pouvoir s'affranchir des règles de l'art , ainsi que du but moral dont toute œuvre dramatique ne devrait jamais s'écarter pour être vraiment utile aux mœurs. Le nouveau système s'est distingué par le cynisme des peintures , par des situations obscènes et des caractères atroces ou fantastiques dont on a emprunté les modèles aux siècles à demi barbares du moyen-âge. On a banni ce qui se rattachait à la véritable expression du sentiment , on a supprimé les développemens des caractères et des passions comme des accessoires superflus. Tout ce qui avait fait les délices des générations précédentes et que l'on avait considéré jusqu'à ce jour comme des productions du génie, a été exclus de la scène , comme ne pouvant plus faire une assez vive impression sur un public , qui devenu positif , voulait être fortement ému par des objets qui frappaient les sens.

Pour satisfaire ce nouveau besoin , on compose des drames , où les incidens se succèdent si rapidement , qu'on peut les considérer comme des espèces de pantomimes dialoguées, plutôt faites pour éblouir les yeux que pour captiver l'esprit et le cœur ; on a même dédaigné les règles comme autant d'entraves du génie; il en est résulté des drames d'un nouveau genre, qui privés des trois unités ne pouvaient inspirer qu'un faible intérêt. Comment pourrait-on s'intéresser au héros d'un drame si on le fait voyager à de grandes distances, si on suppose des intervalles de plusieurs mois ou même de plusieurs années dans une seule représentation. Les péripéties qu'on veut amener par cette violation des règles de l'art dramatique, n'ayant aucune liaison naturelle, ou bien n'en ayant que de fausses ou d'invraisemblables, l'action dramatique ainsi réduite à des tableaux incohérents ne doit plus avoir le mérite d'une œuvre où l'art aurait dû satisfaire la raison.

Après les changemens survenus dans l'ordre social à la suite des révolutions successives dont la France a été le théâtre, l'esprit humain a manifesté une activité si extraordinaire, qu'il en est résulté un esprit et un besoin d'un genre plus positif qui a changé en grande partie le goût du public; en sorte que le drame classique remarquable par la beauté de la versification et la noblesse des sentimens, n'a plus eu l'art de nous charmer; et sa brillante monotonie est même devenue insipide. On était fatigué de voir sans cesse sur la scène des sujets imités des Grecs et des Romains, d'assister à des représentations où tout se passait en recits, où le poéte affectait de faire briller son génie par un style constamment fleuri et une poésie sans aucune variété de nuance, Quoique la plupart des tragédies de ce genre puissent passer pour des chefs d'œuvre, cette perfection n'était plus appréciée du public qui n'aspirait qu'après la jouissance d'un autre genre de spectacle.

Le grand Corneille avait lui même senti la nécessité de modifier le système classique, qui était devenu fastidieux par la représentation continuelle des héros de l'antiquité dont les caractères étaient représentés non pas, d'après ce qu'ils étaient ou ce qu'ils auraient dû être réellement, mais d'après les mœurs dépravées de la cour du siècle dernier. Dans la vue de ranimer le goût pour le spectacle, ce grand poéte tragique a cru devoir adopter un nouveau genre quifut moins monotone et plus riche en action. Il créa un système qui devait s'éloigner du style trop amphatique des drames de cette époque, et se rapprocher davantage des mœurs bourgeoises. En conséquence il composa sa tragédie de Don Sanche qu'il considérait comme ayant une forme nouvelle qu'il appelait une constitution extraordinaire. Mais, disait-il, il faut absolument du nouveau, et le moyen de trouver du nouveau sans jamais s'écarter du grand chemin et se mettre au hasard de s'égarer. Cette constitution extraordinaire consistait principalement dans l'amalgame du comique et du tragique, c'est-à-dire du genre de la comédie et de celui du drame, ou du style noble et sublime et du style familier et naïf. Voltaire ne voulait point que l'on confondit ainsi les différents styles, il a condamné ce genre mixte qu'il appelle batard ou comédie héroïque. Il semble avoir oublié, que c'est par cette variété de style que s'étaient distingués les premiers auteurs dramatiques: tels que Rotrou, Mairet, de Duryer, qui ont mêlé le style comique avec le tragique. Corneille et ses contemporains ont suivi cette méthode, comme on peut le voir par le grand nombre de vers familiers ou naïfs, qu'on trouve dans plusieurs de leurs pièces.

Ce système suivi par nos anciens auteurs dramatiques

a l'avantage non seulement de fournir d'heureux contrastes, mais il permet encore au poète de réunir à une peinture plus fidèle de la nature une plus grande variété de nuances et d'expressions. A cette époque la scène française ne s'était pas encore élevée à cette dignité soutenue et n'avait point encore acquis cette pompe poétique, dont Racine et Voltaire ainsi que d'autres poètes lui avaient imposé la brillante monotonie. Ce système, qui favorise le talent du poète a été moins suivi qu'il n'aurait dû l'être, à cause des grandes difficultés qu'il présente; il est fort rare qu'un poète possède un talent assez flexible pour traiter avec un égal mérite le genre familier et le genre sublime, qui doivent se réunir de manière à produire une variété de sentimens et de caractères, dont le contraste et les diverses nuances forment un drame intéressant. Aussi y a-t-il très peu d'auteurs dramatiques, qui aient traité ce genre avec quelque succès. Malgré ces difficultés, nous avons eu le courage de l'entreprendre, en tâchant de peindre avec des couleurs naturelles ces diverses nuances des passions, qui du sublime descendent au genre simple, et qui du genre simple et naïf doivent s'élever jusqu'au sublime suivant les différentes émotions de l'âme, les situations des personnages et leurs divers caractères. Nous devons l'avouer, ce n'a été que par une persistance à toute épreuve, que nous avons pu parvenir à cette heureuse fusion des principales nuances du vaste tableau que présente notre drame. Il est incontestable qu'il est bien plus facile de peindre avec une seule couleur, qu'avec des teintes variées à l'infini suivant les divers sentimens du cœur humain.

Nous avons choisi un sujet qui rappelle une des époques les plus mémorables et les plus fertiles en grands événemens; c'est celle de la fin du XVe siècle où l'esprit humain vivement frappé des arts et de l'opulence ainsi que de l'antique civilisation de l'Orient, avait fait les plus grands efforts pour participer à cette source de richesse et de lumière. L'Espagne après avoir été longtems le théâtre de la rivalité des Maures et des Chrétiens, était le pays où la civilisation s'était développée avec le plus grand éclat. Elle en était principalement redevable aux Sarrasins (1) appelés en 709 par le comte Julien pour venger l'injure que le roi Rodrigue avait faite à sa fille. Les Chrétiens vaincus ayant à leur tête le vaillant Pélage, se réfugièrent dans les lieux les plus inaccessibles des monts des Asturies, où ils opposèrent la plus vive résistance. Les descendans de ces héros chrétiens qui ne subirent jamais le joug des Sarrasins ni des Maures leurs successeurs, finirent par les vaincre à leur

(1) Les Sarrasins renversèrent la monarchie des Goths à la fameuse bataille de Guadaleté. Dans la suite les Omniades chassés d'Asie par les Abassydes, se réfugièrent en Espagne, et fondèrent le Califat de Cordoue; cette époque est le tems de la gloire et de la puissance des Sarrasins dans l'Ibérie, qui, depuis Abdérame, jusqu'au règne du grand Al-Manzour, brille avec le plus grand éclat de toute la splendeur des arts, des sciences et de la civilisation. Mais cette époque comme tout ce qui est glorieux ne fut pas de longue durée. Les Chrétiens ayant à leur tête, Pelage, ressaisissent successivement leur patrimoine enlevé par les vainqueurs musulmans. Alors les Almorravides appelés de la Mauritanie en Espagne au secours de leurs co-religionnaires ou de la mosquée, remplacèrent les Sarrasins qu'ils étaient venus secourir, et commencèrent sous leur émir Yossof, la domination des Maures, dont les mœurs chevaleresques et même romantiques jetèrent un vif éclat sur leur règne. Les Chrétiens continuèrent leurs conquêtes sous Ferdinand de Castille et Jacques d'Aragon qui soumettent au tribut plusieurs provinces musulmanes: la désunion qui s'introduisit alors parmi les conquérans chrétiens, permit à la puissance des Maures de faire luire une vive et brillante lumière qu'avait fait naître la civilisation de l'Orient dans le royaume de Grenade, le dernier refuge de leur domination, en Espagne.

tour et par les expulser de la Péninsule-Ibérique après la conquête de Grénade. Ce qui forme une des épisodes les plus interressantes de l'histoire de cette époque, et qui sert de base à notre drame. Mais ce qui consolida surtout le trône de l'Espagne, ce fut la réunion des royaumes de Castille et d'Aragon sous un même sceptre, par le mariage de Ferdinand V, roi d'Aragon, avec Isabelle reine de Castille en 1469. Ce monarque, après avoir triomphé des Maures dans plusieurs combats s'avança victorieux vers Grenade, le dernier royaume dont il ambitionnait de faire la conquête. Toute la fleur de la noblesse Castillanne se trouvait réunie sous ses drapeaux à ce siége mémorable où Gonsalve de Cordoue fit ses premières armes. M. de Florian nous a donné une histoire fort intéressante de ce héros Castillan.

Grenade était alors sous la domination d'un nouveau souverain, du sultan Boabdil ou Abouaboullah; (auquel pour l'harmonie de la poésie nous avons substitué le nom d'Almanzore) son parti avait prévalu sur celui de Mahoumedel Zegal. Plusieurs factions se disputaient la possession de la ville de Grenade; lorsque Ferdinand et Isabelle profitant de cette division, mirent le siége devant cette capitale. Boabdil qui régnait en tyran, sommé de remettre la ville aux Castillans réunis aux Aragonais, ayant résolu de se défendre, eut à combattre à la fois les Chrétiens et ses propres sujets dont il s'était attiré la haine. Vaincu plusieurs fois et pressé par la famine, il fut obligé de capituler. Les Mahométans soulevés par leurs imans (prêtres) voulurent rompre les négociations et s'ensevelir sous les ruines de leur ville. Boabdil pour se soustraire au danger qui le menaçait se hâta de la livrer à Ferdinand, qui reçut ce roi maure en généreux vainqueur; lui assigna un revenu de six millions de maravedis, une ville, trois mille vassaux et un simulacre de royauté dans les Alpuxares, c'est cette action pleine de générosité que nous avons voulu peindre dans la dernière scène de notre drame.

Ce fut ainsi que Grenade, après un siège long et pénible se rendit le 25 novembre 1491 : cette conquête mit fin à la domination des Maures en Espagne (qui avait duré 782 ans) et assura le triomphe du christianisme. Ce fut à-peu-près dans ce tems que Isabelle et Ferdinand vivement sollicités par Colomb, lui fournirent (en 1492) dix-sept mille ducats et trois petits bâtimens pour faire la découverte du Nouveau Monde; et c'est pour avoir dérogé à ses règles ordinaires de prudence, que l'Espagne acquit des trésors et des états, qui surpassaient en richesse et en étendue tout ce que l'imagination pouvait alors concevoir de plus magnifique, et qui présagèrent dès-lors la grandeur future de la vaste monarchie de Charle-Quint.

Nous n'avons pas suivi exactement les détails historiques qui le plus souvent sont peu propres à la scène, si l'on n'y supplée par une action dramatique que le poète a la faculté d'inventer à son gré, ainsi que Racine et d'autres auteurs du plus grand talent en ont donné l'exemple. Le but de l'art dramatique n'est pas une vérité historique rigoureuse qu'on pourrait aisément imiter; ce qu'il y a de plus important ce sont les passions qu'un auteur doit peindre avec des couleurs qui leur sont naturelles; c'est-à-dire avec la véritable expression du sentiment, qui seule peut exciter une vive sympathie. Selon un célèbre critique (La Harpe) la vraisemblance au théâtre, vaut autant et souvent mieux que la vérité, lorsque celle-ci est peu intéressante : dans ce cas le poète n'en a même que plus de mérite et de talent, car ce qui nous plait et ce qui fait le succès de son drame est tout de son invention. Bien entendu qu'on ne doit jamais altérer les grands évènemens ni les caractères des principaux personnages au point de les rendre méconnaissables, comme on se l'est permis dans plusieurs nouveaux drames.

L'on a fait servir l'autorité de l'histoire à l'invention d'une fable; des personnages imaginaires sont revêtus des noms les plus fameux et les plus imposants. Nous avons eu soin de conserver l'identité historique dans les principaux faits qui ont illustré cette époque. Ce n'est que dans la combinaison de l'intrigue que nous nous sommes livré à notre inspiration en supposant que la sultane Othalie, héritière légitime du trône de Grenade, avait été fiancée par le sultan Almanzore à son fils Sélime qu'elle aime avec passion, tandis que ce prince maure est épris des charmes de Cléomène qu'il fait enlever. Othalie pour s'en venger s'unit aux Castillans pour se saisir de la couronne et la mettre sur la tête d'Alphonse, frère de Cléomène, et qui sollicité par Othalie est accouru pour la venger. Le dénouement conforme à l'histoire est le triomphe du christianisme et des Castillans, la chûte du sultan Almanzore et la conquête de Grenade, et d'après l'invention de notre intrigue la destinée malheureuse de Sélime et d'Othalie qui périssent l'un et l'autre victimes de leur amour et de leur vengeance.

Les passions qu'il nous a fallu mettre en jeu pour animer ces différents personnages, devaient être les plus énergiques du cœur humain ; tels sont l'amour, la vengeance, la gloire et cette espèce de fanatisme qu'inspire un zèle ardent pour la religion à laquelle chaque peuple était alors fortement attaché. Il devait naturellement en résulter une lutte des plus violentes entre les principaux personnages, dont les différentes croyances devaient encore contribuer à augmenter l'intérêt dramatique. Il existait à cette époque entre les deux religions rivales (le Christianisme et l'Islamisme) un contraste d'opinion et de sentiment qui, joint aux tendres émotions de Cléomène, au violent amour de Sélime et à l'implacable vengeance d'Othalie, devaient amener les situations les plus intéressantes.

Cette exposition est d'ailleurs conforme à l'esprit, ainsi qu'aux mœurs de la fin du XVe siècle, où les passions les plus ardentes ne s'alliaient que trop souvent au christianisme ; tandis que la galanterie des Maures était généralement répandue parmi cette nation.

Il s'agissait surtout de peindre ces passions, d'une nature si différente, avec des nuances variées, avec cette éloquence naturelle de l'âme qui seule peut faire naître la plus vive sympathie entre les personnages du drame et les spectateurs, en leur inspirant leurs craintes et leurs espérances, ou ces sentimens de terreur et de pitié qui forment le principal mérite d'une action dramatique. Notre drame devait donc avoir une certaine teinte religieuse, et porter l'empreinte de cette éloquence sombre et passionnée d'un siècle, où les croyances religieuses autant que les troubles civils avaient exalté les âmes chrétiennes, dont l'austérité contrastait singulièrement avec les mœurs dissolues, les plaisirs sensuels, la tolérance et la magnificence des Maures. Rien n'était plus intéressant que ce contraste de mœurs et de religions entre les Chrétiens et cette nation mauresque, qui se distinguait autant par son esprit chevaleresque que par son amour pour les arts, la civilisation et l'opulence de l'Orient, qu'elle avait introduit dans cette fameuse cité (Grenade) qui fut son dernier asile en Europe.

Ce sont ces nuances de mœurs, de croyances et de caractères, que nous avons voulu peindre dans les rôles des principaux personnages, surtout dans ceux du prince maure, et de la sultane Othalie, qui devaient conserver l'empreinte de leur origine africaine, avec toute la violence de leur passion : à cet effet, nous avons tâché de rendre notre versification aussi énergique et aussi animée qu'elle devait l'être pour peindre d'après nature ces différents caractères et leur donner plus de relief suivant les rôles importants qu'ils occupent dans notre drame.

La poésie dramatique est en général plus compliquée et offre de plus grandes difficultés que tout autre genre, et même que l'Épopée, à cause de l'art avec lequel le poéte doit traiter les incidens qui peuvent-être comparés aux épisodes des poémes épiques. Ces incidens ne doivent être ni trop nombreux ni trop en relief, pour qu'ils n'éclipsent l'action principale et n'y portent la confusion, ce qui nuirait à l'intelligence ainsi qu'à l'intérêt du drame. Enfin la poésie pour être véritablement dramatique doit peindre avec des couleurs aussi vives que variées les différentes affections du cœur humain, qui par leur contraste doivent donner de l'âme à l'action. C'est dans cette expression que consiste l'art d'exposer et de développer l'intrigue, pour faire naître l'intérêt et l'augmenter graduellement jusqu'au dénouement sans qu'on puisse s'en apercevoir.

Les grands événemens qui changent la destinée des peuples, nous intéressent d'autant plus qu'ils mettent à découvert les passions des grands personnages qui en ont été les principaux auteurs. Nous aimons à connaître leurs véritables sentimens, les causes secrètes de leur élévation, et quels ressorts ils ont fait mouvoir pour satisfaire leur ambition. Ainsi les passions dont les effets sont inépuisables, quoique leurs causes soient souvent très bornées, acquièrent une toute autre importance lorsqu'elles ont un but politique. Dans cette circonstance, l'action dramatique peut être aussi diversifiée que les incidens sans nombre qui résultent de l'ambition, et des crimes ou des vertus politiques, qui en font le principal sujet. Les péripéties qui naissent d'un pareil conflit sont d'autant plus intéressantes qu'elles produisent les plus vives sympathies, par l'analogie des passions des grands et des peuples, qui sont à peu-près les mêmes dans tous les pays et dans tous les siècles. Ces passions politiques offrent d'ailleurs une instruction morale très-importante ; et lorsque les incidens sont habilement fondus dans le principal sujet du drame, elles en augmentent beaucoup l'intérêt ; tandis que leur absence le rend plus monotone et moins intéressant. C'est un puissant moyen dont nous avons fait usage à l'exemple de Corneille, qui s'est surtout distingué dans ce genre d'exposition dramatique ; ses pièces sont remplies de passages où l'on admire autant sa haute politique que la noblesse des sentimens qui élèvent l'âme des spectateurs jusqu'aux sublimes conceptions de l'auteur.

Nous n'avons plus le goût de cette antique simplicité qui charmait nos aïeux ; nous voulons aujourd'hui du mouvement sur la scène, et une action dramatique qui excite continuellement notre intérêt. Ce qui ne peut s'obtenir dans une tragédie en cinq actes qu'au moyen de plusieurs incidens qui amènent des péripéties intéressantes, et retardent le dénouement de l'action principale, ou qui la compliquent de manière à la rendre attrayante. Il faut des événemens imprévus qui se développent d'une manière naturelle ; des personnages qui prennent une part directe à l'action, et des caractères opposés qui par leur rivalité ou leur contraste, donnent du mouvement aux passions qui forment le sujet du drame. Aussitôt que le spectateur peut apercevoir le dénouement, l'intérêt cesse et le drame n'est plus qu'un simple récit ou qu'un poème en forme de dialogues, qui ne nous fait éprouver aucune émotion, soit de pitié, soit de terreur, les deux conditions requises pour exciter notre sympathie. Les plus belles déclamations mêmes exprimées dans une poésie élégante, ne peuvent remplacer l'action ni les péripéties, sans lesquelles un drame ne peut jamais exciter un bien vif intérêt. Tel a été l'écueil d'un grand nombre de drames qui révélent même un beau talent ; tels sont Léonidas, les vêpres Siciliennes, Guido Reni, Caïus Gracchus, ainsi que plusieurs autres dont la versification facile et harmonieuse fait le principal mérite; mais qui à la représentation n'ont eu qu'un faible succès.

Le talent consiste surtout à faire naître des situations qui fassent une vive impression, moins par des récits amphatiques ou par un spectacle qui ne séduit que les yeux, que par des incidens et des développemens qui fassent naître des sympathies profondes et variées. Il faut savoir donner aux incidens dans la contexture du drame une apparence de vérité, tout en conservant les liaisons et les rapports qui naissent des passions et des caractères des principaux personnages. C'est dans l'exécution d'un pareil plan que maints auteurs du plus grand mérite ont échoué; c'est avec les mêmes sujets et presque avec la même pensée que Racine a composé la belle tragédie de Phèdre, et Pradon la sienne du même nom; mais la différence est extrême! Ce qui nous prouve que dans une pareille composition, tout l'art dépend du génie de l'auteur qui sait donner une couleur vive et naturelle aux principaux incidens qui forment l'action dramatique.

Tel a été aussi le but constant de nos efforts dans la composition de notre drame; si l'on nous reprochait que les hasards de la guerre amènent des péripéties trop multipliées et trop subites, nous ferons observer que dans cette guerre qui s'est terminée par la conquête de Grenade, les Chrétiens étant sans cesse aux prises avec les Maures, la scène et même l'événement de chaque combat devait varier à l'infini et changer presque subitement le sort des combattans. Tantôt c'est une surprise au milieu des montagnes; tantôt une vallée délicieuse devient le théâtre d'une invasion imprévue de la part des Maures, pour enlever des filles chrétiennes et les conduire captives dans leurs sérails. D'ailleurs, dans ce siècle où la diplomatie et la discussion des intérêts du droit des gens, avaient encore peu d'influence sur la destinée des peuples, les plus grands événemens se décidaient par le sort des armes. Il n'y avait pas jusqu'à l'amour qui ne devint souvent le principal objet des entreprises des preux chevaliers sans cesse occupés à combattre pour leurs dames. Le deshonneur, ou l'affront qu'elles recevaient de la part d'un ravisseur ou d'un amant trop téméraire, excitait la plus cruelle vengeance:

en sorte que la beauté était presque constamment le prix de la valeur ou de la victoire.

Nous ne croyons pas que l'on puisse nous reprocher d'avoir négligé l'observation des trois unités, que nous considérons comme indispensable non-seulement au succès, mais même au mérite réel d'un ouvrage dramatique de quelque importance. L'action de notre drame se passe à la vérité en différents lieux; mais rien n'indique qu'ils sont fort éloignés les uns des autres, et l'illusion des spectateurs n'en reçoit aucune atteinte qui puisse la dissiper; c'est d'abord dans les monts d'Asturie, près du camp des Castillans, ensuite dans la tente de Sélime, de là dans un salon de l'Alhambra ou du palais d'Almanzore, dans un souterrain de ce palais, et enfin dans le parc qui en dépend, où arrive la catastrophe qui termine l'action. Quant à la durée, elle ne dépasse pas les vingt-quatre à trente heures fixées par les classiques pour la représentation d'un drame. L'on trouvera sans doute que la principale action est suffisamment motivée et développée, ainsi que les incidens qui s'y rattachent, et amènent des situations aussi imprévues qu'intéressantes.

En fondant l'action de notre drame sur un événement aussi mémorable que la grandeur naissante de la monarchie espagnole, sous le règne de Ferdinand V, pour la rendre encore plus intéressante, nous avons voulu peindre en même tems ces mœurs de chevalerie que les Maures avaient transmises aux Castillans, qui s'y sont distingués plus que toute autre nation, en y mêlant cet esprit religieux qui s'était fortifié avec le triomphe du christianisme. Sans la vérité dans la peinture des mœurs et l'expression fidèle du principal caractère de chaque peuple et de chaque siècle, on peut difficilement exciter un intérêt qui puisse faire une vive impression, puisque l'action pourrait aussi bien convenir à un autre siècle ou à un autre peuple qu'à celui que le drame doit représenter. Tel a été l'esprit dans lequel nous avons composé notre drame, ainsi que l'ont été la plupart des tragédies du siècle dernier, qui caractérisent d'une manière frappante les mœurs de l'époque où se passe l'action. C'est ainsi que Polieucte se rapporte à l'histoire des premiers siècles de l'ère chrétienne; qu'Athalie donne une peinture des mœurs juives et de l'histoire hébraïque à cette époque; tandis que le Cid, Duguesclin, Tancrède nous présentent le tableau des mœurs de la chevalerie. Ce genre a encore été traité avec succès dans Gaston et Bayard, le Siége de Calais, les Templiers, les États de Blois, Élisabeth, reine d'Angleterre, Henri III, le Paria, les Enfans d'Édouard, etc.

Nous n'avons adopté aucun système particulier; nous avons eu l'intention de composer un drame qui ne fût exclusivement ni classique ni romantique. Nous avons voulu bannir la trop constante monotonie de l'un et éviter les défauts que l'on reproche justement à l'autre. Néanmoins nous avons suivi les principes de l'art dramatique, ainsi que l'inspiration des sentimens les plus sublimes du cœur humain, ayant principalement en vue d'intéresser et d'émouvoir, en captivant tout-à-la-fois le cœur et l'esprit, par l'exposition d'un sujet grand et noble, emprunté à l'un des événemens les plus remarquables de l'histoire moderne. La nature seule nous a servi de modèle, ainsi que l'agréable variété qui en est l'expression la plus fidèle dans les beaux-arts, parmi lesquels l'art dramatique occupe un rang si distingné. Nous avons surtout voulu faire uné heureuse fusion des systèmes classique et romantique qui se disputent depuis si longtems la palme de la victoire. Quoique nous ayons eu la prétention d'être original, néanmoins il a paru un si grand nombre d'ouvrages en tout genre, fruits des hommes du plus grand génie, qu'il serait presque impossible aujourd'hui d'inventer un sujet absolument nouveau, ou qui n'ait quelque analogie avec une production déjà connue. C'est ainsi qu'on pourrait comparer notre drame à la belle tragédie de Zaïre ou de Mahomet, de Voltaire, où l'amour et la vengeance jouent un si grand rôle. Mais les nuances des passions et les circonstances qui les ont fait naître peuvent varier à l'infini : c'est l'art de les exposer, de les développer et de les faire valoir avec plus ou moins de talent ou de vérité, qui peut seul légitimer la prétention à une œuvre nouvelle, quoique elle puisse avoir quelque rapport avec une autre du même genre. C'est donc la fusion heureuse et habile des anciens ouvrages, qui peut aujourd'hui donner le titre à une création; et c'est le plus ou le moins d'habileté de cette fusion, qui distingue le plagiaire de l'artiste ou du poète. Nous en avons de nombreux exemples dans nos plus grands auteurs tragiques, grâce à cette flamme ardente qui inspire les hommes de génie; Britannicus est une création, quoique Racine l'ait emprunté à Tacite; il en est de même d'Hamlet, dont le sujet a été emprunté à une chronique danoise; Macbeth est dans le même cas, quoiqu'elle soit extraite d'une ballade et d'un conte écossais. Dans Louis XI, on reconnaît l'effort constant vers cette fusion que l'auteur a eu l'art de rendre encore plus intéressante par de charmants détails et une poésie élégante et harmonieuse.

Comme nous n'avons voulu rien imiter d'aucun ouvrage dramatique, qui d'ailleurs n'aurait pu nous fournir aucune idée nouvelle, nous devons déclarer que la lettre que la sultane Othalie, fait écrire dans le souterrain à Cléomène, n'est pas comme on pourrait croire, une imitation d'une scène du drame d'Henri III. La contexture ainsi que les expressions en sont bien différentes. Nous l'avions conçue bien avant l'apparition de ce drame si intéressant. En l'examinant l'on pourra se convaincre que cette scène est tellement indispensable, qu'il serait même difficile de concevoir comment nous aurions pu ne pas l'introduire pour arriver au dénouement. Nous nous sommes flatté qu'une romance chantée par Cléoméne dans le souterrain où elle attend la mort, rendrait sa situation plus touchante, en faisant une plus vive impression sur l'âme des spectateurs. Nous avions l'intention de la supprimer, mais dans plusieurs lectures que nous avons faites de notre drame, on a trouvé les expressions de cette romance si conformes aux émotions que la captive éprouve que l'on nous a engagé à la conserver.

L'amour, cette passion qui produit les plus fortes et aussi les plus délicieuses émotions, forme un des principaux élémens de notre drame. Elle a fait longtems le principal sujet de nos chefs-d'œuvre tragiques; les romantiques ont cru pouvoir produire de plus grands effets, en transformant l'amour tendre et délicat en une passion qui porte sa furie au milieu de scènes scandaleuses et d'une épouvantable horreur. Ils ont banni du théâtre l'amour qui élève l'âme, pour ne peindre que cette passion affreuse qui en usurpe le nom, sans faire naître à l'exemple de Voltaire et de Racine, ces douces émotions qui font les délices des cœurs sensibles et vertueux. Mais l'on ne parviendra pas à changer le cœur humain ; l'amour, passion sublime et souvent funeste, sera toujours un des grands mobiles des actions des mortels, et par conséquent aussi d'une action dramatique d'une haute portée et d'un effet durable. Pourquoi donner l'ostracisme à cette passion ou la dénaturer pour en faire l'instrument des actions les plus avilissantes ? Est-ce que le sexe n'est pas toujours aimable et inspiré du même désir de nous plaire par ses charmes ? C'est donc nous qu'on voudrait faire changer sinon de mœurs, puisque les Français seront toujours galants, mais de goût ou de sentiment par la représentation de drames sur nos-théâtres, où l'on traite le sexe avec si peu d'égard que l'on dirait qu'il n'excite plus en nous cette délicieuse sympathie qui a toujours fait son plus beau triomphe. Le sexe dont la pudeur fait le plus bel ornement pourrait-il voir sans un profond dégoût que Richard d'Arlington veuille jeter sa femme par dessus un balcon pour s'en débarrasser. Qu'Antony porte la séduction jusqu'à conduire sa victime dans une alcove aux yeux des spectateurs : Tandis qu'on nous montre dans Marion-Delorme une femme sans mœurs qui se prostitue pour sauver son amant ; dans la Tour de Nesle l'on voit une reine qui a la cruauté de faire périr ses amans pour ensevelir dans un éternel oubli les victimes de sa lubricité. Périnet-le-Clerc, Laporte-de-Bussy, la dame du Louvre qui ont été joués presque en même tems sur plusieurs théâtres de la capitale, nous offrent des scènes à-peu-près semblables de meurtres, d'incendies, d'amantes désespérées, et d'amans infidèles ou insensibles à leurs charmes ; dans ces drames on ne cherche à captiver le suffrage du public que par des catastrophes d'une cruauté barbare et révoltante, qui présentent le triomphe du vice sans aucun mélange de vertu ni de grandeur d'âme; sans aucune variété de sentimens. On y a peint le vice dans toutes ses hideuses obscénités, en faisant succomber l'innocence par des moyens qui fort heureusement ne sont plus dans nos mœurs.

C'est ce qui a fait choisir le sujet de ces sortes de drames de préférence dans les siècles à demi-barbares, sous les règnes odieux des Charles VI, VII, et IX. On semble avoir ignoré que le public de notre époque qui doit avoir l'esprit plus éclairé et le goût plus épuré par les progrès de la civilisation et des arts, ne saurait s'intéresser longtems à des drames qui ne peuvent plus convenir à l'état actuel de la société, et qui sont peu dignes d'être représentés devant un peuple civilisé. On a voulu produire des émotions forcées par des scènes de terreur, sans aucune nuance d'autres sentimens. Ce système n'est pas nouveau, Crébillon en a fait usage avec autant de talent que de succès. Lorsqu'un jour on lui reprochait après la représentation d'Atrée, de composer des tragédies qui n'inspiraient que l'horreur, il répondit, je n'avais pas à choisir, Corneille avait le ciel, Racine la terre, il ne me restait plus que les enfers, et je m'y suis jeté à corps perdu.

L'horreur paraît donc être depuis quelque tems le système favori de nos faiseurs de drames ; ils visent uniquement à l'effroyable pour frapper de terreur l'imagination de la multitude, en dédaignant l'inspiration de cette sensibilité qui en nous touchant vivement, fait naître cette tendre pitié, qui devrait constamment accompagner les scènes qui inspirent l'horreur. C'est à ce double principe de l'art dont Sophocle, Euripide et nos grands poètes tragiques nous ont donné de si beaux exemples, qu'on doit attribuer le brillant succès qu'ont eu leurs ouvrages. Les crimes sur la scène ne peuvent faire une vive impression, que lorsqu'ils sont les effets des passions les plus violentes ou d'une destinée inévitable comme chez les anciens, mais lorsqu'ils sont multipliés sans mesure et sans discernement, ils inspirent plutôt l'indignation que la pitié, et doivent nous révolter par les atrocités et la dépravation du cœur humain dont ils offrent de pernicieux exemples.

Que l'on se désabuse si l'on prétend ne pouvoir attirer la foule que par des scènes hideuses. On a représenté au Gymnase un joli drame en deux actes, de M. Bayard, intitulé *Une Mère* qui a offert l'heureux témoignage que le public n'a pas oublié entièrement les tendres émotions du cœur, qu'il n'est pas insensible comme on voudrait le faire croire, à la peinture des passions vraies et naturelles, et que les auteurs qui savent produire au théâtre les véritables accens du sentiment, doivent encore s'attendre à un succès bien mérité. *La Puritaine* de M. Paul Duport nous en a donné un autre exemple à ce même théâtre. Cette charmante pièce, malgré sa grande simplicité a parfaitement réussi, parce que les impressions en sont délicieuses, qu'il y règne la plus grande décence, que les émotions en sont douces et mélancoliques et que tout y est gracieux sans effort, ni exagération; on n'y a pas à redouter des larmes contre nature. On remarque surtout une scène fort touchante où la sensible Puritaine, à genoux devant un prie-dieu, les mains jointes, les yeux en larmes, nous rappelle que la religion n'a pas encore perdu son empire même au théâtre. *Une Mère et une Fille* de MM. Empis et Mazères, qu'on a joué successivement avec succès à l'Odéon, au théâtre de la Porte-St-Martin et au Théâtre Français, se distingue aussi par de tendres émotions et des situations touchantes qui font une vive impression ; ce qui est encore une preuve qu'il ne faut pas ajouter foi à ce prétendu épuisement du public, qui a servi de prétexte pour se jeter dans l'exagération du drame furieux rempli de scandale, d'invraisemblance et de scènes révoltantes.

C'est dans l'expression vraie et naturelle des sentimens de l'âme que se trouve le grand principe de l'art dramatique, que le poète qui a du génie sait habilement développer. C'est par une action conduite avec art, que les belles tragédies du siècle dernier ont excité un si grand intérêt, telles que Zaïre, Phèdre, Hamlet, Bajazet, Aménaïde, Tancrède et tant d'autres qui sont des modèles dans le genre pathétique et sublime. Le véritable talent consiste à exciter les émotions du cœur plutôt par des impressions douces et naturelles que par des effets matériels ou par la terreur qu'inspirent des cruautés peu vraisemblables, qui ne peuvent produire qu'un sentiment pénible sur l'âme des spectateurs, surtout lorsque la vertu succombe et que le crime est triomphant.

On a prétendu que le goût français avait adouci les formes brusques et sauvages des anciens drames des Anglais, tandis que nous pourrions reprocher à nos auteurs d'imiter leur méthode dramatique, qui ne consiste qu'à produire de grands effets sur la scène par des situations exagérées dont le succès est de peu de durée, parce qu'il ne repose pas sur les vraies sympathies du cœur humain et leur expression naturelle. Bertram du rév. Maturin nous a offert le modèle de ce genre dramatique, tout extérieur et matériel qui ne se distingue par aucun mérite littéraire ; les décors et toutes les machines de théâtre y jouent un grand rôle ainsi que la terreur et tout ce qu'il y a de plus hideux, tels que les cadavres, la potence, les bandits, la torture, la mort, etc. On n'y voit le développement d'aucune action régulière ou vraisemblable; ce n'est qu'un amalgame de scènes incohérentes sans aucune peinture des mœurs ni des caractères, sans aucune leçon pour les hommes, et par conséquent sans but moral, sans autre objet que d'inspirer une terreur passagère, et de captiver le suffrage du public par le grand nombre d'incidens, la beauté des décors et des costumes.

Voilà l'art dramatique que nous avons emprunté aux Anglais et qui en a hâté la décadence, par l'absence de tous les nobles sentimens et d'une poésie propre à peindre les plus douces émotions de l'âme. Ce genre plus facile à imiter que celui de nos grands poètes tragiques, a tellement séduit l'école romantique, qu'on a vu sur la plupart des théâtres de la capitale la représentation simultanée du même sujet, quoique déguisé sous des noms différents; tels furent les drames de Périnet le Clerc, de la dame du Louvre, de la porte de Bussy; nous pouvons y ajouter Clotilde, jouée au Théâtre Francais. Ce système fondé sur la nature extérieure, ne peut avoir une aussi longue durée que le classique qui avait embrassé le monde spirituel ou moral, dont les formes peuvent être variées à l'infini suivant l'imagination et le génie des auteurs: L'art dramatique ainsi renfermé dans une sphère matérielle, ne pouvait prendre l'essor que le génie aurait pu lui donner s'il avait été libre dans son cours, et dégagé des entraves du système de la nouvelle école, auquel les directeurs ont généralement donné la préférence.

On fait remonter à l'époque de Voltaire l'imitation en

France du drame anglais qui a envahi la scène et corrompu le goût du public. On ne peut se dissimuler que l'o mbre de Sémiramis n'ait été empruntée au fantôme d'Hamlet; tandis que les tragédies de Zaïre de Voltaire et d'Othello de Shakspear se ressemblent trop pour que l'on puisse douter que l'une n'ait servi de modèle à l'autre; il en est de même de la mort de César, qui n'est pour ainsi-dire qu'une traduction de Jules César du grand poète anglais. Ducis en succédant à Voltaire dans l'art d'approprier au Théâtre Français ce qu'on appelait alors *les monstruosités britanniques*, avait voulu renchérir sur les horreurs que l'on imputait aux auteurs dramatiques de l'Angleterre. Ducis avait principalement en vue les grands effets de la scène; il s'était flatté d'y avoir réussi en imaginant de faire assassiner un fils par une mère, comme cela arrive dans Macbeth : Shakspear n'avait même pas songé à un pareil acte de cruauté qui répugne à la nature humaine. Tels furent les premiers essais des innovations qu'on a introduites sur notre scène; mais les auteurs de ce siècle peu satisfaits de la magie des décors et de la mise en scène, y ont ajouté les meurtres, les séductions, les incestes, les empoisonnemens et tous les crimes qui frappent l'imagination de terreur, pour faire une plus vive impression sur un public blasé, auquel, suivant eux, il fallait des émotions violentes pour captiver son suffrage.

Cette révolution dans l'art dramatique ne s'est pas opérée subitement; le genre du faux sentimental qui depuis quelque tems faisait le principal sujet des drames du théâtre allemand, s'est introduit sous l'empire sur la scène française; il a retardé la marche effrayante et progressive du romantique. Plusieurs pièces de Kotzebue

Misanthropie et Repentir représentées à la Comédie Française eurent le plus grand succès, par l'affeterie d'un sentiment outré de repentir de la part d'un sexe peut-être trop sensible aux séductions de ses premières amours. Ce genre de spectacle était si bien du goût du public de cette époque, que suivant Geoffroy, la plupart des pièces qu'on jouait alors étaient remarquables par l'une ou l'autre de ces deux situations dramatiques; des jeunes filles qui avaient le malheur de se laisser séduire et de devenir mères, ou des femmes trop tendres qui avaient trahi la foi conjugale, c'était donner l'exemple des mœurs corrompues et de l'adultère sentimental que Beaumarchais avait essayé d'introduire sur la scène avec son Mariage de Figaro.

Malgré le succès passager de ce genre dramatique, le classique n'était pas entièrement banni du théâtre; il faisait encore jaillir par intervalle quelques rayons du génie qui l'avait autrefois animé. Léonidas est une de ses productions où respire l'amour de la gloire et de la patrie, dont l'ancienne Grèce nous a donné de si beaux exemples; Germanicus pouvait faire allusion à Bonaparte, comme Tibère pouvait désigner Louis XVIII. C'était par ces allusions politiques que le classique luttait contre le romantique qui commençait à le déborder de toutes parts. Il acquit surtout une grande énergie sous la restauration, par les violentes attaques de plusieurs auteurs; contre le classique que la révolution de juillet acheva de vaincre, pour faire triompher le système d'innovation, auquel on peut reprocher de s'être plutôt appliqué à détruire qu'à créer une école dont les principes et les ouvrages soient dignes de l'admiration des contemporains et de la postérité.

Il est résulté de ces deux systèmes, dont la lutte dure encore malgré plusieurs échecs que vient d'éprouver le romantique, un troisième système qu'on pourrait appeler celui du juste-milieu dramatique, lequel a pris son rang entre le classique et le romantique, dont il a emprunté en partie les principes : ce système n'a pas tout-à-fait les beautés de l'un ni les défauts de l'autre : ce n'est pas précisément le genre du drame ni de la comédie. Les caractères manquent d'originalité et de traits fortement tracés et développés; néanmoins ce système mixte a produit des drames assez remarquables, tels que la Princesse Aurélie, Pierre de Portugal, le Cid d'Andalousie, Gustave Adolphe, une Fête de Néron, Norma, Marino Faliero, Louis XI, les Enfans d'Édouard, le Mariage d'argent, Valérie, la Mère et la Fille, et l'on pourrait même y ajouter une Passion secrète et une Liaison.

Tel est l'état actuel de l'art dramatique en France, en Angleterre et même en Italie, où le *libretto* insensé et incohérent des opéras a accoutumé les spectateurs à toutes sortes d'absurdités triviales : mais la belle musique rachète en grande partie ces défauts ; d'ailleurs le spectacle n'est fréquenté, dans cette dernière contrée, que comme un amusement qui, par la magnificence des décors, le charme de la mélodie, les belles voix des chanteurs et des cantatrices, captive constamment le suffrage du public, à-peu-près comme les grands opéras en France. En Allemagne, depuis la mort de Schiller et de Goëthe, l'art dramatique est tombé dans une apathie qui l'a fait décheoir du haut degré où ces deux célèbres auteurs l'avaient porté par leur talent. D'où nous pouvons conclure que la décadence de l'art n'a pas été moins sensible en France qu'en Angleterre, en Allemagne et en Italie. Les causes ont été partout à-peu-près les mêmes, au nombre desquelles on doit ranger en première ligne le monopole des théâtres, la coterie ainsi que le système répulsif ou exclusif adopté par la plupart des directeurs, qui ont altéré le goût du public, et hâté la décadence de l'art dramatique, par le choix des pièces pleines d'immoralité, de scandale et d'absurdité, qui ont dégoûté les gens sensés d'assister à de pareils spectacles.

Les Anglais ont voulu connaître la cause de cette décadence si rapide de l'art dramatique: d'après leur mode de procéder, un comité spécial de parlement après une enquête, a fait un long rapport, où il s'agissait de donner une définition bien précise du véritable drame, c'est-à-dire de celui qui a pour principal but l'art dramatique, pour le distinguer de celui qui en usurpe le nom : suivant M. Macready, c'est celui en cinq actes qu'on appelle en Angleterre le drame légitime (*legitimate drama*). Ce comité a signalé comme les trois principales causes, qui ont contribué au déclin des théâtre à Londres : 1° L'habitude de dîner fort tard, qui se répand de plus en plus dans toutes les classes: 2° Le manque d'encouragement de la part du gouvernement; 3° Enfin l'espèce de réprobation dont les représentations théâtrales sont frappées par certaines sectes religieuses, telles que les Quakers, les Méthodistes, les Anabatistes, etc. Il a été en outre prouvé que le goût du public avait changé, et que les pièces de Shakspear, de Shéridan, d'Otway, de Massinger et d'autres auteurs, jadis en vogue, étaient dédaignées et n'attiraient plus la foule. Il faut maintenant pour plaire au public anglais, des pantomimes étourdissantes, l'emploi des grandes machines, des décorations sans nombre avec des changemens à vue, des danseuses françaîses, des chevaux, des éléphans, enfin la fantasmagorie sur la scène. Il en est à-peu-près de même en France, et c'est aussi une des causes, qui a fait remplacer la tragédie, telle qu'on la jouait dans le beau siècle de l'art, par des espèces de pantomimes dialoguées seules en possession avec les mélodrames et les opéras, de plaire au public.

Malgré ces innovations, les directeurs se sont trouvés dans une fâcheuse position, les recettes ont baissé chaque année, en sorte que les grands théâtres de Londres et de Paris ont eu bien de la peine à se soutenir. Dans une situation aussi fâcheuse, il était impossible de rétribuer convenablement les auteurs et par suite d'avoir de bonnes pièces. Les hommes de talent cultivent de préférence d'autres branches plus lucratives de littérature. L'art dramatique devient alors le patrimoine d'une classe d'auteurs, qui ne composent des drames que dans leur seul intérêt ou celui des directeurs, sans contribuer à ses progrès par une étude approfondie de l'art et des passions du cœur humain. En s'érigeant en arbitres de l'art, ils ont la prétention d'imposer leur système ou leur goût fantastique au public, comme étant la perfection même. Ils abusent de la renommée que leurs premiers succès avaient attachée à leur nom pour enfanter à la hâte d'autres ouvrages qui sont bien inférieurs à leur talent ou aux preuves qu'ils en avaient données.

C'est alors que tous les genres sont confondus par le caprice des écrivains qui croient se livrer à leur génie en méconnaissant toutes les règles de l'art dramatique ; d'où résulte la confusion des genres, qu'on peut considérer comme un signe certain de sa décadence, tels que nous le voyons dans Bertrand et Raton, qui est une comédie qui se termine en drame, et dans une Aventure sous Charles IX, qui, d'un vaudeville, est devenue une espèce de comédie, tandis que le vaudeville est à son tour transformé en comédie et en drame au Gymnase et ailleurs. Depuis plus d'une vingtaine d'années qu'un homme d'un goût épuré (M. Desprez) a remarqué cette confusion, le désordre en augmentant a fait confondre tous les genres dans un type commun, comme au berceau de l'art, quand il n'avait pas encore fait d'assez grands progrès pour se partager en plusieurs classes distinctes

Il semble que nous ne possédons plus le génie de nos anciens auteurs dramatiques ; nous n'avons plus cette originalité, cette force de conception, ni cette verve et ce talent pour former le plan d'un drame intéressant, pour peindre les passions avec de vives couleurs et les développer avec art par des gradations naturelles. Nous avons rétrogradé vers l'enfance de l'art, et nos productions dramatiques sont devenues le sujet d'une critique qui n'est que trop fondée de la part de nos voisins, qui ne peuvent concevoir qu'une nation aussi civilisée que la nôtre puisse prendre plaisir à des spectacles aussi monstrueux que ceux qu'on représente journellement sur la plupart de nos théâtres. A dire la vérité, nous avons perdu en grande partie le type de notre caractère national, par l'effet des révolutions successives dont nous avons été les témoins et souvent les victimes. Puisque nous avons l'esprit éclairé et les mœurs corrompues, l'art dramatique, qui suit toujours le goût du siècle, a dû se ressentir du conflit continuel qui doit résulter de cet état social, qui n'a que l'intérêt pour base, tandis que nos connaissances nous inspirent des sentimens plus élevés. Les auteurs, en suivant ce penchant, ne composent que des drames qui captivent les sens, sans aucune peinture véritable des passions, des caractères et des sentimens qui honorent l'humanité : en sorte que la stérilité des auteurs et la médiocrité des productions dramatiques se font sentir tous les jours davantage.

Il paraît que nous sommes actuellement dans la période de la décadence de l'art dramatique; sa destinée a été dans tous les tems que le règne de sa plus haute perfection n'a été nulle part d'une longue durée. L'Espagne, qui fut une des premières contrées où les drames de tous les genres avaient pris naissance par milliers, a vu s'éclipser son génie dramatique en un demi-siècle, après l'époque où Calderon l'avait fait briller dans tout son éclat. On ne trouve en Angleterre, dans l'espace d'environ deux siècles, de grands auteurs dramatiques que Shakspear, Ben-Johnson et Sheridan. L'Italie n'a vu fleurir, dans le siècle dernier, que Goldoni, qui a publié un grand nombre de pièces spirituelles, parmi lesquelles on distingue son Bourru bienfaisant, qu'on joue encore avec succès : tandis que Alfieri est devenu célèbre par l'énergie de son style et ses hautes conceptions. On daigne à peine compter parmi les auteurs dramatiques la multitude des écrivains qui ont composé les *libretti* des opéras italiens. Avant et après ces deux auteurs les plus renommés, ce n'est qu'obscurité dans les annales du théâtre de ce pays, qui a été le berceau des beaux-arts. En Allemagne, Goëthe et Schiller, qui avaient éclipsé leurs prédécesseurs, n'ont pas encore trouvé de rivaux dignes de recueillir leur succession dramatique. En France, cet art n'a brillé dans toute sa splendeur que sous le règne de Louis XIV, après Corneille, Racine, Molière, Crébillon et Voltaire qui ont le plus contribué à cette brillante époque, le drame n'a plus jeté que de pâles rayons de son ancienne gloire.

Il est sans doute curieux de connaître l'opinion de lord Byron sur l'art dramatique, d'autant plus qu'il a donné une preuve remarquable de son talent par sa tragédie de Sardanapale, représentée avec succès au théâtre royal de Drury Lane à Londres, quoique l'illustre auteur ne l'eût pas destinée au théâtre, ainsi qu'il l'annonce dans son journal, où il s'exprime en ces termes :

« J'ai peint Sardanapale vaillant quoique voluptueux, » comme l'histoire nous le représente, et aussi galant » qu'il m'a été possible. J'ai observé exactement toutes » les unités; la durée de l'action qui se passe tout en» tière dans le même lieu est celle d'une nuit d'été; elle » commence avant le coucher du soleil et elle finit après » son lever. J'ai pris pour modèle le style simple et » noble d'Alfiéri; cependant j'ai abaissé, autant qu'il » m'a été possible, le langage poétique au niveau du » discours ordinaire. Sardanapale est pour ainsi-dire un » personnage de comédie, comme l'est pareillement » celui de Richard III. Les unités, ajoute-t-il, ont été » surtout le grand objet de mes efforts; vous verrez que » je me suis bien gardé de suivre le goût du siècle à l'é» gard de *l'extravagant système des coups de théâtre.* »

Il parait que lord Byron avait voulu offrir un exemple de l'ancien drame grec; c'est ce qui avait fait croire que sa pièce n'était pas propre au théâtre; elle est du genre de notre tragédie, c'est-à-dire moitié classique et moitié romantique. Elle appartient à l'époque la plus brillante du génie poétique du noble auteur qui a suivi les mêmes principes que les nôtres. Le succès qu'elle a obtenu est une nouvelle preuve que le public de Londres n'est pas moins sensible que celui de Paris, aux sentimens nobles et délicats exprimés dans une poésie harmonieuse et naturelle.

Nous pensons que c'est un motif de félicitation pour nous, que le système que nous avons adopté ait été aussi celui qu'a suivi ce grand poète de l'Angleterre, avec cette seule différence que nous avons composé notre drame autant pour plaire à la lecture que pour captiver le suffrage du public à la représentation. On doit donc regretter que le système romantique que lord Byron a reprouvé, ainsi que tous les bons esprits, soit précisément celui qui a été jusqu'à ce jour le plus en vogue dans la plupart des théâtres qui refusent sans distinction les drames où les sympathies sont ménagées avec art, où la morale de l'action est conforme aux progrès de la raison et des mœurs. Un drame de ce genre a peu de chance d'être reçu à quelque théâtre que ce soit, même à la Comédie-Française, malgré son mérite littéraire auquel on a fort peu d'égard, depuis qu'on ne le compte plus parmi les moyens qui peuvent assurer le succès d'une pièce. Le public s'est trop laissé séduire par les effets extérieurs de la scène, qui ne sont que les accessoires de l'art dramatique, en donnant continuellement son suffrage à des drames qui n'avaient d'autre mérite que de captiver ses yeux et de frapper son imagination de terreur.

L'Académie française ne pouvait rester indifférente à la décadence d'un art qui a fait la gloire d'un grand nombre de ses plus illustres membres, et qui du sein de la France réfléchit encore quelques brillants rayons sur le monde littéraire. Son influence n'ayant pu arrêter l'envahissement continuel des innovations, elle devait sans doute déplorer cet enthousiasme aveugle des auteurs et du public pour le genre romantique qui violait toutes les règles de l'art. C'est dans une pareille circonstance que cet illustre corps a cru devoir fonder (le 9 août 1831) un prix extraordinaire pour la meilleure tragédie qui serait *représentée*, imprimée et publiée dans le cours des trois années suivantes. En mettant pour principales conditions qu'elle devait réunir au mérite littéraire, le mérite non moins grand d'être utile aux mœurs et aux progrès de la raison, l'Académie a voulu sans doute exciter une noble émulation parmi les auteurs, et les engager à composer des drames qui soient dignes de la scène française, pour faire revivre ces beaux jours d'un art qui fit jadis la gloire de notre littérature.

Ce n'était pas chose facile que de faire changer de système aux directeurs de théâtres; et d'en charger les candidats sans les seconder, c'était les exposer à échouer dans leur entreprise : c'était pour ainsi dire conférer au seul mérite de leurs ouvrages une influence qu'ils ne pouvaient avoir. Par conséquent la réprésentation devait être un des plus grands obstacles que tous leurs efforts ne pouvaient vaincre. C'est ce que nous avions prévu et ce qui est aussi arrivé : En effet une tragédie composée d'après les conditions du programme du prix fondé par l'Académie devait être exclue, même du Théâtre Français qui suit un système tout opposé. L'Académie ayant voulu rester neutre, a donc fait abnégation de l'initiative du jugement du mérite littéraire des drames du concours, et dans le fait l'a tranféré aux directeurs ou à leurs comités composés pour la plupart de partisans de l'école romantique, qui se sont trouvés investis du droit de décider du sort des tragédies destinées au concours : Et tout le monde sait fort bien que ce n'est pas toujours le mérite littéraire, ni celui d'être utile aux mœurs ou aux progrès de la raison, comme le prescrit le programme, qui détermine le choix et la réception des drames que l'on représente sur les théâtres.

Cette anomalie était trop frappante pour que nous ne nous soyons pas permis de la signaler à l'Académie Française dans une lettre que nous avons eu l'honneur d'adresser (le 22 mai 1832) à son secrétaire perpétuel ; elle avait pour objet de la supplier de prendre l'initiative qui lui appartient à si juste titre, pour ne pas mettre les candidats dans l'alternative ou de perdre le fruit de leurs veilles, tout en se conformant au programme, ou bien d'encenser l'idole du jour dans la crainte d'être repoussés du temple de Melpomène dès leurs premiers débuts dans la carrière dramatique. Nous devons rendre justice à l'Académie qui ne peut pas avoir eu la pensée de rendre le prix inaccessible aux candidats en le plaçant hors de la sphère de leurs facultés morales et physiques, comme cela pouvait résulter de la condition d'être *représentée*, qui ne peut effectivement rien préjuger en faveur du mérite littéraire de l'ouvrage, et encore moins de celui d'être utile aux mœurs, depuis qu'ils ne sont plus des titres de recommandation auprès des directeurs, ni même du public dont le goût a été en grande partie perverti. Nous devions donc nous attendre, malgré nos plus vives sollicitations, à ce que nous ne pourrions parvenir à faire représenter notre tragédie à la Comédie française qui, en suivant le torrent de l'école romantique s'est laissée emporter hors de la carrière classique Nous avons vainement réclamé l'influence ou l'appui de plusieurs auteurs dramatiques pour nous faire obtenir seulement une lecture au comité du Théâtre Français : Tout nous a été refusé sous différents prétextes. Ce qui nous a donné l'occasion de refléchir sur l'esprit et le caractère particulier de chaque siècle ainsi que des personnages qui les ont illustrés. Nous n'avons pu nous empêcher d'observer, que ces tems n'existent plus où Molière fut si généreusement le premier Mécène de Racine auquel il donna pour l'encourager un sujet de tragédie et cent louis pour la composer. Nous pouvons citer encore un autre exemple d'une généreuse protection qui honore la mémoire de l'immortel Shakspear; étant alors directeur et auteur dramatique il eut la grandeur d'âme de prendre Ben-Johnson encore inconnu sous son patronage. Il avait présenté une pièce aux comédiens qui la refusèrent; ils voulaient la renvoyer à l'auteur, lorsque Shakspear trouva des beautés si éminentes qu'il engagea sa troupe à jouer l'ouvrage, et Ben-Johnson devint la gloire du règne d'Elisabeth, comme Racine l'a été de celui de Louis XIV, encouragés l'un et l'autre par les deux auteurs dramatiques les plus célèbres de leurs époques.

Malgré ces entraves auxquelles nous devions d'autant moins nous attendre, que notre zèle pour la regénération de l'art dramatique était aussi ardent que sincère, nous n'avons pas été découragé, étant persuadé qu'il viendra un tems où l'on nous rendra une entière justice. Nous déclarons à la face du monde entier et l'on en trouvera la preuve dans notre ouvrage, que c'est moins par intérêt que par inspiration que nous avons composé cette tragédie, que nous nous sommes efforcé de rendre aussi remarquable par la grandeur des idées, et le plan que nous avons adopté que par l'harmonie et la richesse de la versification. Ce n'est qu'après avoir achevé un poème sur un sujet aussi important que sublime (1) en plus de dix mille vers alexandrins, que nous avons entrepris le drame que nous publions; s'il ne fallait pas nous laisser séduire par les illusions d'une imagination trop ardente, nous ne devions pas non plus étouffer dans notre âme ce feu sacré du génie, dont l'absence nous aurait fait tomber dans les froides et stériles conceptions d'une raison trop austère, peu propre à peindre les passions les plus énergiques du cœur humain, à en suivre les effets et les developpemens ainsi que les différentes nuances qui forment le principal caractère du drame et du talent du poète. Tels sont les grands écueils de l'art dramatique aussi bien que de tous les beaux arts, où il est si difficile de réunir aux charmes d'une brillante imagination les sévères principes d'une raison éclairée, ou d'un goût épuré et délicat, dont on ne doit jamais se départir surtout dans les ouvrages destinés au théâtre.

Nous nous sommes bercé de cette heureuse pensée qu'un honorable académicien (M. Ch. Nodier) a si bien exprimée: *que la littérature doit être l'interprête des nobles sentimens*; en effet, un ouvrage littéraire ne peut avoir un mérite réel ou un succès durable, sans cette première condition; puisque la perfection, c'est-à-dire, la beauté morale doit servir de fondement à la beauté d'expression, nous dirons même qu'elle doit l'inspirer,

(1) *Tableau de l'Univers, ou l'existence, la grandeur et les bienfaits de la Divinité*, considérés dans les merveilles de la création : poëme en 15 chants, avec des notes pour servir de complément au texte, qui doit être publié incessamment par souscriptions, le prospectus se délivre chez l'auteur.

pour qu'une œuvre littéraire puisse atteindre ce degré de perfectibilité qui est le plus bel attribut de l'esprit humain. C'est cette noble inspiration qui nous a animé et qui nous a fait surmonter les plus grandes difficultés, pour rendre notre ouvrage autant qu'il nous a été possible digne du suffrage de l'Académie Française et du public, ayant la conviction que toute œuvre de l'esprit doit avoir un but moral ainsi qu'un enseignement utile à l'humanité; que le véritable drame doit avoir principalement pour objet la peinture du beau de la nature humaine, et non pas la laideur dans toute sa difformité avilissante, ou des crimes dont le hideux spectacle doit corrompre les mœurs et le goût du public, à l'exception des hommes éclairés qui connaissent les principes immuables de la saine littérature et des sublimes sentimens qui doivent en être l'expression fidèle.

L'on demandera sans doute, comment un drame composé d'après ces principes n'a pas été reçu à la Comédie-Française qui aurait dû s'empresser de l'accueillir? C'est une question à laquelle nous devons répondre, et qui montrera dans tout son jour le vice des réglemens que la nouvelle direction suit encore à l'égard des auteurs. Malgré toutes nos sollicitations, nos titres littéraires et même l'intervention officieuse de M. le ministre de l'intérieur, on aura peine à croire que rien n'a pu fléchir le directeur actuel pour admettre notre tragédie à une lecture par devant le comité, se fondant sur le rapport d'un examinateur qui ne nous a pas été favorable. Cet arbitre suprême qui décide sans appel du sort des ouvrages, étant inconnu aux auteurs, ils ne peuvent discuter avec lui les motifs de son jugement; il n'en a pas moins le pouvoir de les condamner sans les entendre, ce qui est contraire à tout principe de justice. Ce nouvel Aristarque n'a pas sans doute la prétention de se croire infaillible comme le Pape, et de ne jamais commettre d'erreur à l'égard du grand nombre de drames soumis à son examen; et comment pourrait-il prétendre d'être lui seul en état d'apprécier le véritable mérite des pièces, lorsque tout un comité se trompe souvent dans son jugement ainsi que nous pourrions le prouver par une foule d'exemples. N'a-t-il pas fallu quarante ans pour apprécier tout le mérite du Philosophe sans le savoir de Sédaine?

Comme a dit Voltaire, (dans la préface d'Adelaïde du Guesclin). « La vérité et le bon goût n'ont remis » leur sceau que dans la main du tems. Ceux qui rendent compte des ouvrages, doivent rarement s'empresser de les juger. Ils ne savent pas si le public à » la longue jugera comme eux; et puisqu'il n'a un sentiment décidé et irrévocable qu'au bout de plusieurs » années, que penser de ceux qui jugent de tout sur » une lecture précipitée ?... » Mais la maladie la plus incurable, ajoute-t-il, est cette jalousie, ou plutôt cette envie, dirons-nous, qui rend quelquefois les hommes de lettres injustes envers leurs contemporains jusqu'à l'époque où la postérité plus équitable rectifie leurs jugemens.

Nous avons vainement sollicité une révision de la décision de l'examinateur qui avait mis notre drame à l'*index*. Le directeur M. Jouslin de la Salle nous l'a positivement refusée par sa dernière lettre du 2 mai (1834), malgré les motifs que nous lui avons exposés que notre tragédie étant destinée au concours du prix extraordinaire fondé par l'Académie Française, il nous privait par son refus opiniâtre, de remplir une des conditions du programme qui était celle d'être représentée. Mais nous faisons un appel au jugement de toute la France d'un pareil acte dont l'injustice est trop évidente pour ne pas être l'œuvre de la jalousie.

C'est en suivant un système aussi préjudiciable tant à elle-même qu'à l'art dramatique que la Comédie française est tombée dans une décadence qui a failli entrainer sa ruine entière sous la dernière administration. M. le ministre qui a senti le besoin de relever le temple de Melpomène pour l'honneur littéraire de la France, a pensé qu'il suffisait pour faire renaître son ancienne prospérité de transformer l'ancien régisseur en directeur en lui accordant une subvention de 200,000. fr.

Mais l'expérience a démontré que cette mesure ne pouvait pas replacer le Théâtre-Français dans cet état florissant qui avait fait jadis l'admiration de la France et de l'étranger. Aussi a-t-il continué à végéter dans les mêmes routines, avec son réglement absurde, sans que le directeur ait voulu s'en affranchir, comme il en avait sans doute le pouvoir. Bien loin de prendre la voie la plus propre à sa régénération, il allait se jeter plus que jamais dans le cercle vicieux de la nouvelle école, sans la sage et prompte intervention de M. le ministre de l'intérieur, qui, appréciant toute la conséquence d'un pareil système, n'a pas permis la représentation d'Antony et d'autres pièces du même genre, qui devaient former le nouveau répertoire de la Comédie française. Une pareille direction imprimée à l'art dramatique par le premier théâtre de France, aurait eu une influence non-seulement préjudiciable aux mœurs, mais encore à toute notre littérature, qui aurait perdu une partie de sa considération, lorsqu'on aurait vu, comme cela est déjà arrivé, un des peuples qui passe pour être le plus policé et le plus éclairé de l'Europe, se porter en foule à la représentation de drames aussi peu en harmonie avec ses mœurs et ses lumières.

C'est ce contraste déplorable et vraiment extraordinaire, qu'il appartient au gouvernement de faire disparaître, en rétablissant l'empire du beau et de la saine littérature, si longtems bannis de la scène. Mais quel moyen prendre pour y parvenir ; nous pensons que c'est celui auquel le ministère a eu recours, en attendant qu'une loi spéciale ait été adoptée par les Chambres ; car le mal était urgent, et il fallait y porter un prompt remède : d'ailleurs cette censure provisoire contre laquelle on se recrie si fort, n'est que facultative ; nous ne voyons pas qu'elle attaque, comme on l'a prétendu, l'indépendance des auteurs ou la liberté de la presse ; c'est une simple mesure préventive, nécessaire contre la licence, qui est la cause de la dégradation de l'art dramatique. L'autorité a le droit, non-seulement en vertu du décret de 1806, mais aussi pour le maintien des mœurs publiques, de mettre des bornes aux scènes scandaleuses et immorales, qui ne tendent à rien moins qu'à corrompre la jeunesse et le goût du public, par l'attrait des spectacles. On parle de la liberté des théâtres et des auteurs qui y consacrent leur talent ; mais existe-t-elle en effet, lorsque l'homme de lettres qui veut entrer dans cette carrière en est aussitôt exclu par le monopole de certains auteurs, qui prétendent avoir seuls le talent de faire des drames ? Où se trouve-t-elle cette indépendance qu'on réclame à si haute voix, lorsque chaque directeur ou chaque comité a son système particulier, auquel un auteur doit se conformer s'il veut que sa pièce soit reçue et jouée ? C'est parce que nous avons voulu être indépendant et ne pas suivre le système du siècle, que notre tragédie n'a pas été reçue au Théâtre-Français. Si au lieu de rendre la vertu triomphante, nous l'eussions fait succomber sous l'influence du crime, notre drame aurait été accueilli avec empressement. Aucune branche de littérature n'est exposée à autant de critiques et même de censures que l'art dramatique.

Si le ministère veut sincèrement contribuer à la régénération de l'art dramatique, il doit reconstituer le Théâtre Français sur un plan qui le rende plus accessible. Il devrait aussi accorder des récompenses aux auteurs, qui se seraient le plus distingués dans la carrière dramatique, par des ouvrages, qui réuniraient à un but utile et moral un certain mérite littéraire. Le ministère ne pourrait-il pas sur les fonds mis à sa disposition pour l'encouragement des beaux-arts, fonder plusieurs prix annuels pour les drames les plus favorables aux mœurs et aux progrès de la raison, qui auraient été publiés et représentés pendant une période qui laisserait un tems suffisant pour les composer ? Puisqu'on a fondé des prix, par exemple pour les courses de chevaux, dont nous ne contestons pas l'utilité matérielle, pourquoi n'en instituerait-on pas aussi pour les ouvrages de l'esprit, surtout pour ceux destinés aux théâtres, qui ont une si grande influence sur les mœurs et la littérature ? Pourquoi ne récompenserait-on pas libéralement les auteurs qui consacrent leurs veilles et leurs talens à la composition des drames qui doivent contribuer à la gloire de la littérature ainsi qu'à l'inspiration des sentimens, qui honorent le plus l'humanité. Ce serait en quelque sorte renouveler l'émulation qu'excitaient les fameux jeux olympiques, où la Grèce assemblée décernait le prix aux auteurs des ouvrages immortels qui ont transmis sa gloire aux siècles à venir.

Il nous semble que le gouvernement devrait être d'autant plus intéressé à prendre une pareille mesure, que l'époque où a fleuri l'art dramatique a toujours été la plus brillante du règne des monarques qui l'ont encouragé, comme le siècle mémorable de Louis XIV nous en a donné l'exemple. Son influence sur les autres branches de la littérature est si grande, qu'elles en acquièrent un nouveau lustre, ou bien qu'elles perdent une partie de cette brillante couleur qui leur donne un si vif éclat. Les récompenses que nous engageons le gouvernement d'accorder aux bons ouvrages dramatiques, que l'on pourrait en général considérer comme des œuvres de génie, deviennent d'autant plus urgentes que nous vivons dans un siècle entièrement livré aux intérêts positifs et matériels, moins favorables aux hautes conceptions de l'esprit, qui exigent les plus grands sacrifices de la part de leurs auteurs.

Telles sont les vues que nous soumettons aux hommes éclairés qui ont la gloire de leur pays à cœur. Comme la régénération de l'art dramatique, ainsi que celle du Théâtre-Français, en est une condition presque indispensable, l'une et l'autre méritent toute l'attention, et nous dirons même la protection du ministère chargé de leur direction suprême. Il ne doit pas ignorer que, dans l'état actuel de l'art dramatique, un des plus grands efforts de génie est sans contredit la composition d'une tragédie telle que le prescrit le programme du prix fondé par l'Académie française, et que si ce prix n'est pas accordé à quelque auteur qui aurait eu la noble émulation d'entreprendre une pareille œuvre, à cause du refus du directeur du Théâtre-Français de l'accueillir et de la faire représenter, cet auteur ne devrait pas moins être favorisé, puisqu'il n'y a que des encouragemens distribués avec discernement aux écrivains qui suivent cette carrière aussi brillante que périlleuse, qui peuvent les entretenir dans l'illusion toujours flatteuse des récompenses analogues à leur zèle et à leur talent, et c'est le plus sûr moyen de faire *fleurir les beaux-arts et la littérature*, et de rendre un règne plus illustre par des œuvres du génie.

Nous devons dire que le chevalier de Birague, associé de M. R.-R. Hunter, consul-général des Etats-Unis en Angleterre, a bien voulu, par une véritable philanthropie, s'intéresser généreusement à la publication de cette tragédie, dont nous avons fait une lecture dans les salons de son hôtel, où une brillante société nous a honoré de son suffrage.

PERSONNAGES.

CASTILLANS OU CHRÉTIENS D'ESPAGNE.

FERDINAND V, roi d'Aragon.
LOPEZ, général en chef de l'armée des Castillans.
ALPHONSE, fils de Lopez, commandant des Castillans.
GONSALVE DE CORDOUE, officier supérieur, amant de Cléomène.
CLÉOMÈNE, fille de Lopez, amante de Sélime prince maure,
FOSTINE, sœur de Gonsalve et confidente de Cléomène.

Plusieurs chevaliers, troupe de Castillans.

MAURES OU SARRASINS D'ESPAGNE.

ALMANZORE, sultan ou roi de Grenade.
SÉLIME, fils du sultan, général de l'armée des Maures et amant passionné de Cléomène.
MOUSSA, confident de Sélime et commandant des troupes.
TIMBA, officier supérieur des Maures.
OTHALIE, princesse qui a des droits au trône de Grenade, amante de Sélime à qui le sultan l'a promise en mariage.
MIRZA, confidente d'Othalie et en secret amante de Moussa.
BIRBA, vieux officier maure, commandant des Gardes de la sultane Othalie, dont il est le confident.

Gardes d'Othalie, troupes de Maures, femmes mauresques, plusieurs Nègres et Imans ou prêtres musulmans.

L'action se passe sur la fin du XVe siècle en partie dans le camp des Castillans près d'un château gothique dans les montagnes des Asturies, en partie dans la tente de Sélime et dans l'Alhambra ou le palais du sultan Almanzore, près de Grenade.

LE SIÈGE

DE

GRENADE.

ACTE I.

Le théâtre représente dans le lointain, sur une hauteur, un château gothique avec une tour sur laquelle est arborée l'oriflamme des Chrétiens. L'on aperçoit quelques tentes du camp des Castillans; l'avant-scène représente une forêt.

SCÈNE I.

LOPEZ, GONSALVE DE CORDOUE.

GONSALVE.

Assez longtems le sort, malgré notre courage,
A soumis l'Ibérie au joug de l'esclavage;
Dès l'époque fatale, où l'ingrat Julien,
A trahi sa patrie, opprimé le Chrétien,
A fait des Sarrasins triompher la puissance,
Par le crime odieux d'une horrible vengeance;
Comme un torrent, le Maure a répandu l'effroi,
A brisé sans remords le sceptre d'un grand roi:
Pélage eut pour retraite une caverne affreuse,
Son existence alors était plus malheureuse,
Conservant de la foi toute la pureté,
Protégea des Chrétiens l'honneur, la liberté.
Toujours en proie aux maux d'une longue souffrance,
Dans un Dieu protecteur, il mit son espérance.

LOPEZ.

Nos ancêtres soumis à ce règne odieux,
D'un barbare Africain partout victorieux,
Jadis persécutés, proscrits dans leur patrie,
S'étaient réfugiés dans les monts d'Asturie;
Ils erraient nuit et jour dans ces déserts affreux,
Sans perdre l'espérance en des jours plus heureux;
Rendaient au Dieu suprême un éclatant hommage,
Habitaient de ces monts le lieu le plus sauvage;
D'un traître, ils abhorraient l'implacable fureur,
Son triomphe a rendu le Sarrasin vainqueur;
Des Chrétiens, cet affront ranime le courage,
Leur valeur va soudain mettre un terme au carnage,
Et les Maures vaincus n'auront aucun espoir
De relever un jour leur odieux pouvoir.

GONSALVE.

Ils conservent encore un superbe royaume,
Débris de leur grandeur qui n'est plus qu'un fantôme,
Et qui sans plus tarder va tomber sous les coups
Des guerriers animés du plus juste courroux.

SCÈNE II.

LOPEZ, GONSALVE, LE ROI FERDINAND précédé d'un Hérault et suivi de plusieurs Chevaliers.

LE HÉRAULT D'ARMES (*précédant le Roi.*)

Le roi !

FERDINAND.

Il faut des Sarrasins délivrer l'Ibérie,
Combattre avec valeur pour sauver la patrie;
Nous devons l'affranchir par nos faits glorieux,
Soyons par nos exploits dignes de nos aïeux!

LOPEZ.

Dans le cœur des Chrétiens par votre bienveillance,
Vous avez ranimé le zèle et la vaillance;
Et par votre prudence et vos vastes desseins,
Nous serons délivrés du joug des Sarrasins,
Qui sans aucun égard pour notre loi sacrée,
Répandent la terreur dans toute la contrée.

GONSALVE.

Une troupe ennemie, avance vers ces lieux,
Menace nos guerriers d'un air audacieux;
De toutes parts le peuple en fureur se soulève...

FERDINAND.

Pour soutenir nos droits ayons recours au glaive,
Nous verrons aussitôt tous ces vils Musulmans
Fuir comme les frimats aux rayons du printems.

GONSALVE.

Pour jouir de la paix ne craignons pas la guerre,
La gloire rend toujours un royaume prospère;
Et le faisant briller d'un éclat éternel,
D'un prince bienfaisant rend le règne immortel:
Quand de son feu céleste elle inspire notre âme,
Rien ne peut résister au torrent de sa flamme.

LOPEZ.

Il faut savoir soumettre aux lois le genre humain,
Sans jamais l'accabler sous un joug inhumain;
Un seul événement par sa haute importance,
Peut changer le destin des rois et leur puissance:
Tout l'art de gouverner consiste à le prévoir,
Surtout à faire aimer des mortels son pouvoir.

FERDINAND.

Dans ce siècle fameux Colomb par son génie,
Augmente la splendeur de l'antique Ibérie;
Et nous avons l'espoir que l'Espagne en ce jour,
Aux yeux de l'univers va briller à son tour.

LOPEZ.

Des nobles Castillans l'ardeur et le courage,
Vont braver les dangers sur un lointain rivage
Où de l'astre du jour la brillante lueur,
D'un nouvel hémisphère annonce la splendeur;
Si ce navigateur découvre un nouveau monde,
Il rendra votre gloire en conquêtes féconde,
Dans un autre climat.....

FERDINAND.

Et ne vous flattez pas,
Qu'au milieu des périls j'abandonne vos pas:
Je dois de mes sujets seconder le génie,
Exciter dans leur cœur la noble sympathie
Qui répand la concorde au sein de l'univers,
Réunit sous mes lois tant de peuples divers.
Je veux des Grenadiens vaincre la résistance,
Terminer du sultan l'orgueilleuse existence.

GONSALVE.

Autrefois l'Ibérie en proie aux Sarrasins,
Ne pouvait espérer d'aussi brillants destins,
Que nous promet d'un roi cette rare prudence,
Qui fonde sur les lois son trône et sa puissance.

FERDINAND.

Suivez d'un juste Dieu la bannière et la voix,
Vous n'avez que l'honneur ou la honte pour choix;
Et nos guerriers qu'inspire un intrépide zèle,
Verront tous du seigneur l'oriflamme immortelle
Les conduire en triomphe au milieu des combats,
Et leur faire braver la terreur du trépas.

(Ferdinand part précédé du Hérault d'armes et suivi de Gonsalve et des Chevaliers chrétiens.

SCÈNE III.

LOPEZ seul.

Du monde dédaignant la grandeur passagère,
Je déplore en secret les malheurs de la guerre,
Où l'innocent devient victime du plus fort;
Du soldat triomphant rien n'arrête l'effort;
Aux larmes des humains trop souvent insensible,
Il porte l'épouvante en leur âme paisible;
L'homme faible frappé d'une juste terreur
S'éloigne de ces lieux de carnage et d'horreur
En proie à la douleur, il voit ravir sa fille;

Il gémit sur le sort de son humble famille;
Qu'il est heureux le peuple où règne encor la paix,
Et qui n'est pas témoin de ces sanglants forfaits.

(*En réfléchissant.*)

Un prince maure épris d'amour pour Cléomène,
Veut qu'un tendre lien à son destin l'enchaîne.
Mais un devoir sacré proscrit cette union,
Qui flatte des humains la vaine ambition,
Je dois craindre qu'un jour on ne lui tende un piège,
Que Sélime ne forme un complot sacrilège...

(*Voyant arriver sa fille.*)

Voici ma fille.

SCÈNE IV.

LOPEZ, **CLÉOMÈNE** suivie de plusieurs femmes.

LOPEZ *allant quelques pas au devant de Cléomène*

Apprends un départ douloureux;

CLÉOMÈNE.

Je suis donc réservée au sort le plus affreux;
Quand seule abandonnée en ce lieu solitaire,
Je n'avais d'autre espoir que dans l'appui d'un père,
Vous partez !...

LOPEZ.

Ce devoir ne m'est pas moins sacré;

CLÉOMÈNE.

Ce départ pourrait être encore différé,
Pourquoi braver ainsi les horreurs de la guerre ?

LOPEZ.

Je veux par mes exploits illustrer ma carrière;
Je préfère cent fois mourir au champ d'honneur,
Que de subir le joug d'un barbare vainqueur.
Mais apprends que sans être insensible à ta peine,
Un serment redoutable à mon devoir m'enchaîne;
Héritier de la gloire acquise à mes aïeux,
Je dois me distinguer en ce jour glorieux,
Où Grenade rebelle, en tombant sous nos armes,
Ne suscitera plus aux Chrétiens des alarmes.

CLÉOMÈNE.

Le ciel vous a comblé des plus rares faveurs,
Il peut vous accabler aussi de ses rigueurs.

LOPEZ.

Je ne m'en plaindrai pas...

CLÉOMÈNE (*avec émotion.*)

Ah! je vous en conjure,
Abjurez cet aveu contraire à la nature:
Le chemin de l'orgueil et de l'ambition
N'est pas toujours celui qu'approuve la raison;
Un penchant invincible au bonheur nous entraîne,
Que votre âme le guide, en soit la souveraine;
Sur la fin de vos jours évitez le malheur,
Qui vous accablerait de peine et de douleur.

LOPEZ.

Mais ne t'affliges pas au printems de ta vie;
Je reverrai bientôt cette terre chérie,
Le front couvert de gloire et de brillants lauriers,

Que je vais conquérir aidé de nos guerriers ;
Hélas ! Toi seule au monde excite ma tendresse,
Aux douceurs de la paix donnant mes soins sans cesse,
Je voudrais consacrer ma vie à ton bonheur,
Et ne faire jamais de la peine à ton cœur.

CLÉOMÈNE.

Mon père ! de vos yeux je vois couler des larmes,
N'exposez pas vos jours au milieu des alarmes ;
Restez auprès de moi, vous vivrez plus heureux,
De votre noble cœur je comblerai les vœux.

LOPEZ.

A mon roi, voudrais-tu que je fusse infidèle,
Et qu'à tes yeux flétri d'une honte éternelle,
Terminant ma carrière en un honteux repos,
Je ne sois plus au rang de nos fameux héros ?
Non ! mon âme n'est pas à ce point avilie ;
Pour que je me soumette à cette ignominie ;
Vers un même tombeau rapidement chassés,
L'esclave et le tyran de la terre effacés,
De leurs débris impurs confondent la poussière ;
Mais dans la pureté de sa fraîcheur première

(En montrant l'oriflamme de la tour du château..)

L'oriflamme immortelle et brillante à jamais,
De la fière Ibérie orne encore les sommets !
Les tems vont-ils changer ? Verrons-nous l'esclavage
De son souffle de mort étouffer le courage,
De nos vaillants guerriers comprimer la fierté,
Dans cet ancien séjour de notre liberté ?

SCÈNE V.

LOPEZ, CLÉOMÈNE, GONSALVE.

GONSALVE.

Oubliant leur génie et leur ancienne gloire,
Les Sarrasins n'ont plus qu'un empire illusoire,
Assemblage odieux des plus vils Africains,
Qui sont par leurs forfaits la terreur des humains;
Aux yeux de l'univers nous serions leurs victimes,
Si nous ne réprimions leur audace et leurs crimes :
L'esclavage du peuple a corrompu le cœur,
Qui pour la liberté n'a plus la même ardeur;
Son âme sous le joug trop longtems asservie
Ne connait déjà plus l'amour de la patrie :
Le sort de l'Aragon est encore incertain,
La chance des combats peut changer son destin;
Et ne nous flattons pas d'une vaine espérance,
Qui pourrait mettre obstacle à notre délivrance ;
Calmons des factions les horribles fureurs,
Si nous voulons du Maure être encore vainqueurs.

LOPEZ.

Qu'entends-je? quel discours, d'où vient tant d'assurance,
Quel orgueil te séduit, et sur quelle apparence ?
Le roi qui te chérit ne peut te protéger,
Si tu crois l'Ibérie en un si grand danger ?
(*Voyant Gonsalve se troubler.*)
Que vois-je ? il s'abandonne au trouble de son âme,
Serait-il consumé d'une coupable flamme ?

GONSALVE *(à part).*

Aurait-il découvert mes secrets sentimens,
Qu'à sa fille j'ai fait les plus tendres sermens ?

LOPEZ.

Quel objet a changé le destin de ta vie,
T'a fait abandonner ton prince et ta patrie ?
Tu connais l'intérêt que je prends à tes jours,
De tes peines mon cœur s'affligera toujours.

GONSALVE.

Vous désirez savoir la cause de mes peines,
Je porte de l'amour depuis longtems les chaînes ;
Dois-je vous rappeler ce séjour enchanteur,
Où mes jours s'écoulaient au sein du vrai bonheur ;
Dans ce lieu fortuné mon amour prit naissance,
Sur mon âme il exerce une douce influence.

LOPEZ.

Dis-moi qui t'inspira cet amour généreux ?

GONSALVE.

Cléomène a reçu mon hommage et mes vœux ;
Je n'ai pu résister au pouvoir de ses charmes,
Je l'ai toujours aimée au milieu des alarmes.

LOPEZ.

Mon ami que l'amour n'afflige pas ton cœur,
Je veux récompenser dignement ta valeur.

CLÉOMÈNE *(à part.)*

J'ignorais que j'étais l'objet de sa tendresse.

GONSALVE.

Oui, je vous aimerai toujours avec ivresse ;

De vos charmes mon cœur fut tendrement épris,
Il met à votre estime encor le plus grand prix ;
L'espoir de captiver un jour votre suffrage ,
Au milieu des combats ranimait mon courage.

LOPEZ.

Réservons ces discours pour des tems fortunés ;
A d'autres soins le ciel nous a tous destinés.

CLÉOMÈNE.

Je veux passer mes jours dans cette solitude ,
Délivrée à jamais de toute inquiétude.

LOPEZ.

Je crains que l'ennemi séduit par tes appas ,
Ne te réserve un sort pire que le trépas.

(*Se tournant vers le château.*)

Tu vois ce vieux château dont l'accès difficile ,
L'a rendu des Chrétiens le formidable asile ;
Tu peux y demeurer en toute sûreté ,
C'est le sacré berceau de notre liberté ;
Où jadis nos aïeux ont vaincu l'infidèle ,
Par leur zéle ont acquis une gloire immortelle.

CLÉOMÈNE.

Ne vous exposez pas au milieu du danger ,
Que vos vaillants soldats doivent seuls partager.

GONSALVE.

Malgré les maux affreux dont le sort nous menace ,
Des Maures nous bravons l'impétueuse audace.

LOPEZ.

Quand la Castille fixe encor sur moi les yeux,
Ne dois-je pas répondre à l'appel glorieux

Dont m'honore en ce jour mon prince, ma patrie,
Pour le salut commun de toute l'Ibérie.

CLÉOMÈNE.

Eh bien! puisque le sort en est ainsi jeté,
J'étouffe les sanglots de mon cœur agité,
Mais qu'un heureux destin vous soit toujours prospère,
Poursuivez dans les camps votre noble carrière;
Que le dieu des combats vous protège toujours!
Je vais dans ce château passer de tristes jours.

(*Lopez l'embrasse et Cléomène part avec une vive émotion, suivie de ses femmes.*)

SCÈNE VI.

LOPEZ, GONSALVE, LE ROI FERDINAND précédé d'un Hérault d'armes et suivi d'Alphonse avec plusieurs Chevaliers et une escorte.

LE HÉRAULT.

Le roi!

ALPHONSE.

Un guerrier ennemi vient avec une escorte,
De notre citadelle ose approcher la porte.

LOPEZ.

Et qu'a donc ce guerrier qui vous doive troubler?

ALPHONSE.

Au roi Ferdinand seul il désire parler.

FERDINAND.

A moi seul? Que veut-il?

GONSALVE.

Son nom ?

LOPEZ.

Qui nous l'envoie ?

ALPHONSE.

Almanzore sans doute...

FERDINAND.

Il faudra qu'on le voie.

LOPEZ.

Quelle nécessité ? pourquoi le recevoir,
Et l'introduire au camp contre notre devoir ?
Des armes le succès dépend de la prudence
Qui doit consolider des princes la puissance;
Lorsque des Castillans le bras victorieux,
Affermit des Chrétiens le règne glorieux,
Devons-nous abjurer l'immortelle victoire,
Qui dans tout l'univers répandra notre gloire ?

FERDINAND.

Mais d'un ambassadeur le message sacré,
Doit être des mortels constamment révéré;
Ne pas le recevoir, c'est offenser Dieu même,
Et contraire au devoir de la grandeur suprême;
Donnons de la vertu l'exemple aux Sarrasins,
Tâchons de découvrir leurs perfides desseins.

GONSALVE.

Il faut les expulser du sein de l'Ibérie;
Faisons par nos efforts triompher la patrie,
Sans jamais ralentir notre intrépide ardeur...

FERDINAND.

Je ne puis refuser de voir l'ambassadeur;
Je veux qu'on l'introduise ainsi que je l'ordonne ;
Sans que mon cœur jamais aux Maures ne pardonne ,
Des derniers attentats les crimes odieux ;
Je veux punir l'orgueil et venger mes aïeux.

(*Il fait signe à Alphonse d'introduire l'ambassadeur.*)

SCÈNE VII.

LES PRÉCÉDENS , MOUSSA (l'ambassadeur maure) suivi de Timba et d'une escorte de Maures.

MOUSSA (*fait plusieurs profondes salutations en s'approchant de Ferdinand.*)

Daignez de l'Ibérie apaiser les alarmes ,
Pour vos peuples craignez le sort cruel des armes ;
De votre illustre règne assurez le bonheur ;
Des rois chers aux humains augmentez la splendeur :
De la part du sultan acceptez l'armistice ,
N'offensez pas du ciel l'immortelle justice :
Non ! vous ne serez pas toujours victorieux :
Des Maures le destin fut jadis glorieux,
Ils sont abandonnés de l'ingrate fortune,
Elle n'exauce plus leur prière importune ;
Vous pourriez éprouver un semblable destin ;
Ne rendez pas le sort de l'Ibère incertain :
Au bonheur des humains , la paix est nécessaire ,
Et je viens vous l'offrir, mettre un terme à la guerre

FERDINAND.

En proclamant la paix, la guerre et sa fureur

Forment les vœux ardents de ton perfide cœur.
Pars ! sans plus différer et va dire à ton maître,
Qu'il ne verra jamais l'Espagne se soumettre
Au sceptre ensanglanté d'un injuste pouvoir,
Qui des faibles mortels ferait le désespoir.

MOUSSA.

L'orgueil des Castillans va payer cher l'outrage,
Qui des Maures excite et l'horreur et la rage:
Par vos lois, vos bienfaits, régnez sur l'univers,
Sans changer l'Ibérie en d'horribles déserts.

FERDINAND.

Du trop funeste empire et du vice et du crime,
Je ne rendrai jamais mon peuple la victime ;
Je veux récompenser la valeur, la vertu
Ranimer des Chrétiens le courage abattu.

GONSALVE (*à Moussa*)

Vous allez voir soudain les peuples d'Ibérie
Reconquérir leurs droits, délivrer leur patrie,
Et rompre enfin le joug de vos affreuses lois,
Avoir la liberté pour prix de leurs exploits :
Contre les Sarrasins aujourd'hui tout conspire,
Ils doivent tôt ou tard nous céder leur empire.

MOUSSA.

Jamais !

FERDINAND.

Abandonnez Grenade dès ce jour,
Du Maure il ne faut plus qu'elle soit le séjour.
La liberté sera le prix de la vaillance,
Je ne veux désormais faire aucune alliance,

Qui des fiers Castillans enchaîne la valeur.
Arrête leur triomphe et leur brillante ardeur.

MOUSSA.

Alors vous allez voir tous les maux de la guerre
Répandre le ravage et le sang sur la terre ;
Le Maure au désespoir combattre avec fureur
Sur cet affreux théâtre et de crime et d'horreur,
Telle est de la discorde une image terrible,
Qui doit vous rendre aux maux des humains plus sensible.

ALPHONSE.

Ne viens pas profaner le nom d'humanité,
Des chevaliers chrétiens l'immortelle équité
Dans leur âme entretient encore l'espérance,
Qu'ils devront à Dieu seul un jour leur délivrance,
Sans permettre jamais qu'au règne de l'erreur,
Un barbare destin soumette le vainqueur,

FERDINAND.

Pars ! va t'ensevelir dans les déserts d'Afrique ;
Inspiré de l'ardeur d'un zèle fanatique,
Tu pourras violer impunément les lois,
Qui sont la sauve-garde et du peuple et des rois.
C'est en vain que tu veux captiver mon suffrage,
Va présenter ailleurs ton encens, ton hommage,
Pour plaire au fol orgueil d'un despote africain,
Qui fut toujours armé d'un pouvoir inhumain.
Pour moi je veux règner avec gloire et justice,
A mon peuple chéri rendre le sort propice ;
Telle doit être encor l'ambition d'un roi,
Qui des vœux des mortels fait sa suprême loi ;

Connais-tu de la paix le règne salutaire,
Quand tu répands le trouble et la mort sur la terre?
Tu peux vers le sultan porter soudain tes pas;
Dis-lui qu'il se prépare à de sanglants combats,
Qui doivent décider du sort de l'Ibérie,
Sous son joug odieux trop longtems asservie.

GONSALVE (*à Moussa.*)

Si tu veux des Chrétiens connaître mieux l'ardeur,
Viens au champ de bataille éprouver leur valeur.

(*Ferdinand part avec toute sa suite.*)

SCÈNE VIII.

MOUSSA, **TIMBA** avec les officiers maures qui l'avaient accompagné.

MOUSSA.

Du roi des Castillans nous bravons la puissance,
Il voudrait nous soumettre à l'humble obéissance,
De tout peuple avili qu'on traite avec rigueur,
Qui prosterne son front sous le joug du vainqueur:
L'armistice n'était qu'un prétexte plausible,
Avec les Castillans la paix est impossible.

TIMBA.

La troupe se prépare à les bien recevoir;
Et puisque dans la paix nous n'avons plus d'espoir,
N'ayons plus de pitié, soyons sans indulgence,
Livrons-nous sans remords à l'affreuse vengeance;

Il faut dans ce séjour répandre la terreur,
Et que le Maure y soit désormais en horreur.

MOUSSA.

Réprimons des Chrétiens et l'orgueil et l'ivresse,
Consentir à leurs vœux serait une faiblesse
Qui ferait notre honte en calmant notre ardeur,
Ternirait du sultan la sublime grandeur.
(Le prenant à part.)
Du complot qui se trame apprends l'affreux mystère,
Nous devons l'accomplir dans ce lieu solitaire ;
Les passions sans cesse ont troublé l'univers,
Ont fait braver les lois, rendu les cœurs pervers ;
Plein de l'illusion de l'amour qui l'anime,
Le mortel inconstant en devient la victime.
Cléomène est l'objet dont Sélime est épris,
Nous devons en secret l'enlever à tout prix.

TIMBA.

Pour plaire à notre maître emmenons pour ôtage
Celle qui captiva son cœur et son hommage :
Le sexe constamment est l'objet de nos vœux,
J'en suis moi-même esclave et l'adore en tous lieux.

MOUSSA *(aux officiers maures.)*

C'est dans cette forêt que nous devons attendre,
La fille de Lopez que nous voulons surprendre ;
Il faut au moindre bruit accourir à ma voix,
Triompher des Chrétiens, les soumettre à nos lois.

TIMBA.

Ils viennent de partir, c'est l'heure favorable,
Et le moindre retard serait irréparable ;

Favorisés du Ciel et d'un heureux destin,
Nous pourrons sans danger accomplir ce dessein.
Tu peux compter sur moi, tu connais ma vaillance.

MOUSSA (*apercevant au loin Cléomène et Fostine qui descendent de la hauteur.*)

Je les vois arriver, observons le silence,
Écoutons dans ce bois leurs aveux indiscrets,
Nous pourrons aisément découvrir leurs projets;
Ne manifestons pas une ardeur inhumaine,
Il faut nous dérober aux yeux de Cléomène.

(*Ils entrent dans le bois.*)

SCÈNE X.

CLÉOMÈNE accompagnée de **FOSTINE** sort du château, s'avance vers la scène en descendant de la hauteur.

FOSTINE.

Gonsalve, impatient de vous voir en ce lieu,
Veut avant son départ vous dire un doux adieu;
Ne désespérez pas l'amant qui vous adore.

CLÉOMÈNE.

Mon cœur trop affligé ne peut l'aimer encore,
Quand d'un père chéri le destin glorieux,
Peut se changer soudain en des dangers affreux:
Je suis abandonnée en cette solitude,
Où tu veux dissiper la sombre inquiétude
Qui me rend à mon âge insensible au bonheur,
Et porte malgré moi le trouble dans mon cœur.

FOSTINE.

Bannissez je vous prie une mélancolie,
Qui vous fait abhorrer le charme de la vie;
Je dois vous révéler loin d'un monde indiscret,
D'un amour outragé le plus tendre secret :
Ranimez d'un guerrier la vie et l'espérance,
Et ne l'accablez pas de votre indifférence;
Il est de mon devoir de vous représenter,
Que par votre rigueur vous pouvez l'irriter :
Et vous savez combien Gonsalve vous estime,
De quelle joie un seul de vos regards l'anime;
Seriez-vous insensible à son fidèle amour,
Lorsque pour vous il perd son bonheur sans retour.
Parlez.....

CLÉOMÈNE.

J'ignore encor la douceur d'une flamme.
Qui n'a pas embrasé de son ardeur mon âme;
Rien au monde m'inspire un si doux sentiment,
Qui pourrait de mon cœur faire un jour le tourment.

FOSTINE.

Quel motif avez-vous pour vouloir vous soustraire
A ce vœu d'un hymen devenu nécessaire ?
Rien ne doit affliger votre sensible cœur,
Qui semble être accablé de crainte et de terreur.

CLÉOMÈNE.

Je te ferai l'avœu qu'une douleur profonde,
Me rend indifférente aux plaisirs de ce monde;
Lorsque tout présageait l'aurore d'un beau jour,
Un lugubre nuage, obscurcit ce séjour.

Et malgré ma raison, mon âme est agitée,
Par un fatal amour sans cesse tourmentée :
Tout m'accable à la fois d'une injuste rigueur,
Qui me fait supporter la vie avec horreur;
Je suis le triste objet d'une flamme odieuse,
Dont la coupable ardeur me rend plus malheureuse.

FORTINE.

Expliquez-vous.....

CLÉOMÈNE.

Hélas! un amour criminel,
Semble me dévouer aux vengeances du Ciel!
Un prince maure.....

FOSTINE.

Eh bien!,...

CLÉOMÈNE.

Il m'aime avec ivresse;
J'ai repoussé bien loin cette indigne tendresse.

FOSTINE.

Fuyez avec horreur ce prince audacieux!

CLÉOMÈNE.

Il me tend avec art des pièges en tous lieux,
Et tu vois de Lopez la fille infortunée,
D'un amour odieux subir la destinée;
Quand mon âme accablée éprouve une langueur
Qui captive mes sens et subjugue mon cœur;
Tout me ravit, m'enchante en ce lieu solitaire,
Où je voudrais aussi passer ma vie entière,

Éloignée à jamais de ce monde pervers,
Pour compagne n'avoir que toi dans l'univers.
Ciel !

(En voyant la troupe des Maures sortir de la forêt.)

SCÈNE XI.

CLÉOMÈNE, FOSTINE, MOUSSA, et **TIMBA** sortent précipitamment du bois avec leur troupe, ramènent Cléomène et Fostine qui prenaient la fuite.

MOUSSA (*rassurant Cléomène et Fostine, que les soldats maures amènent près de lui.*)

Ne vous livrez pas à de vaines alarmes.

TIMBA.

Qui pourrait résister au pouvoir de vos charmes ?

CLÉOMÈNE.

Barbare ! éloigne-toi, ne souille pas ces lieux
Par d'horribles forfaits qui font frémir les cieux,

FOSTINE.

Qu'allons-nous devenir ?

CLÉOMÈNE.

Fatale destinée !

TIMBA (*à Cléomène.*)

Vous serez du sultan l'épouse fortunée ;
Dans un charmant sérail, asile du bonheur,
Vous pourrez accomplir les vœux de votre cœur.

CLÉOMÈNE.

Plutôt que de me voir conduire en esclavage,
Livrée aux vils désirs d'un Africain sauvage,
Je préfère cent fois que la cruelle mort,
Vienne enfin me soustraire à cet horrible sort;

FOSTINE (*suppliante envers Moussa.*)

Ne soyez pas, Seigneur, insensible à nos larmes.

CLÉOMÈNE.

Hélas ! n'abusez pas du pouvoir de vos armes.
Ayez du moins pitié...

MOUSSA.

Rien ne peut me fléchir,
Je n'estime que l'or, lui seul peut m'enrichir.
Il procure des biens la douce jouissance,
Je chéris son éclat et surtout sa puissance.

CLÉOMÈNE.

L'or ne sera jamais la source du bonheur,
S'il nous fait mépriser le devoir et l'honneur.

MOUSSA.

Croyez-moi, bannissez un orgueil téméraire,
Qui ne peut aux décrets du destin vous soustraire ;
Le théâtre du monde est un piége trompeur,
Où l'innocence perd sa vertu, son honneur ;
Et pourquoi vous bercer d'une vaine chimère,
Le sérail est un lieu de bonheur sur la terre.

TIMBA.

Des belles en tout tems nous sommes amateurs,
C'est le premier butin quand nous sommes vainqueurs,

Pour ce sexe charmant nous bravons les alarmes,
Il fait de nos sérails l'ornement par ses charmes.

CLÉOMÈNE.

On ne voit plus germer dans vos cœurs abattus,
Des anciens Sarrasins les sublimes vertus.

MOUSSA.

Sélime avec ardeur attend votre présence,
Votre bonheur dépend de votre obéissance.

FOSTINE.

Pourquoi forger les fers de la captivité,
Fouler aux pieds les droits de l'humble humanité.

CLÉOMÈNE.

Vous avez inondé comme un affreux déluge,
Ce lieu qui des Chrétiens fut jadis le refuge.

MOUSSA.

Redoutez le courroux d'un guerrier africain,
Qu'un odieux soupçon pourrait rendre inhumain;
Quand je puis à l'instant châtier votre outrage;
De mon cœur agité n'excitez pas la rage;

(Avec fureur)

Tu dois mourir ou bien obéir à nos lois!

CLÉOMÈNE.

Je les méprise autant que vos affreux exploits.

MOUSSA.

Je saurai réprimer toutes ces invectives,
Gardes saisissez-vous de ces jeunes captives,

(Les gardes vont pour se saisir de Cléomène et de Fostine.)

CLÉOMÈNE.

Vous allez mettre enfin le comble à vos forfaits,
Et faire le malheur de mes jours à jamais.

MOUSSA.

Obéissez soudain sans plus de résistance ;
Gardes ! exécutez du sultan l'ordonnance.

(Les gardes se saisissent de Cléomène et de Fostine.)

CLÉOMÈNE.

D'un barbare ennemi je suis donc le martyr !

TIMBA.

Préparez-vous, il faut sans différer partir.

(Moussa et Timba se mettent à la tête de la troupe au milieu de laquelle l'on voit marcher tristement Cléomène et Fostine.)

ACTE II.

Le théâtre représente dans le lointain les mêmes hauteurs que dans l'acte précédent à l'exception du château gothique, et sur l'avant-scène une tente magnifique, qui doit être disposée de manière à pouvoir s'enlever par un changement à vue à la fin de la dernière scène.

SCÈNE I.

SÉLIME entre, suivi de **MOUSSA** et de plusieurs officiers maures, ainsi que d'une escorte.

SÉLIME.

Des mortels je reçois en vain cet humble hommage
Qui de mon rang suprême est toujours le partage;
Mais est-il dans le monde un destin plus affreux!
Au faîte des grandeurs il me rend malheureux;
Quand je vois l'humble sort de chaque créature
Le rendre heureux d'après les lois de la nature,
Je sens que pour un prince il n'est pas de bonheur
S'il ne peut accomplir tous les vœux de son cœur.
Que font nos ennemis? apprends-moi sans mystère
Leurs hostiles projets; il ne faut me rien taire;
Dis-moi si des Chrétiens l'implacable fureur,
Sans braver des combats les dangers et l'horreur,
Ne pourrait s'apaiser par aucun sacrifice
Que pourraient avouer les lois de la justice.

MOUSSA.

Je dois vous annoncer que le roi des Chrétiens
Ne fera point la paix avec les Grenadiens;

Il veut nous expulser soudain de sa patrie,
Pour règner en despote au sein de l'Ibérie.

SÉLIME.

Nous ne subirons pas ces odieuses lois
Qui terniraient l'éclat de nos anciens exploits :
Le tems de Mahomet fut celui des prodiges,
Dans ce siècle il en reste à peine des vestiges.
L'on a vu les Croyans conquérir l'univers,
Régner en souverains sur des peuples divers ;
Cet empire fondé sur l'esprit fanatique
Ne brille déjà plus que d'une gloire antique ;
Un vice destructeur sape les fondemens
Des immenses états des altiers Musulmans,
Que nous verrons un jour périr sous leur ruine,
Ravagés par la peste ou l'horrible famine ;
S'ils jouissent encor d'une ombre de grandeur,
Il faut l'attribuer à l'intrépide ardeur
Qui, des brûlants déserts de l'heureuse Arabie,
Nous a fait triompher jusque dans l'Ibérie ;
Victimes d'un destin qui nous rend malheureux,
Nous sommes sur les bords d'un précipice affreux.

MOUSSA.

Rappelez-vous, seigneur, ces beaux jours où la gloire
Couronna votre front des mains de la victoire ;
Nous étions des Chrétiens alors toujours vainqueurs,
Partout on triomphait de leurs vaines fureurs ;
Mais je crains qu'aujourd'hui chassés de nos conquêtes,
Nous n'osions plus combattre, affronter les tempêtes,
Pour abaisser l'orgueil d'un puissant ennemi

Qui veut défendre un trône encor mal affermi ;
Et d'un prince on plaindra le funeste délire
Qui lui fait, à vore âge, ainsi perdre un empire.

SÉLIME.

Une princesse altière, en m'inspirant l'amour,
Veut me tyranniser et m'aimer tour-à-tour ;
Le sultan, par raison, par crainte ou par faiblesse,
Voudrait que je réponde à sa folle tendresse :
Non jamais sa fierté n'asservira mon cœur,
Séduira mon esprit par sa vaine grandeur.

MOUSSA.

N'a-t-elle pas des droits pour monter sur le trône,
Et ne devez-vous pas partager sa couronne ?
Soumettez-vous, seigneur, aux décrets des destins,
Qui règlent ici-bas l'humble sort des humains.
L'hymen qu'on a promis à l'altière Othalie
Peut troubler le repos de toute votre vie ;
Si vous n'accomplissez aujourd'hui tous ses vœux,
Elle peut se livrer à des transports affreux ;
Dès-lors le trône en proie aux efforts de sa rage,
Peut d'un fier conquérant devenir le partage.
Accablé pour toujours sous le poids du malheur,
Vous seriez malgré vous victime de l'erreur.
Mais suivez mon conseil, feignez sans perfidie
D'être toujours épris d'amour pour Othalie,
Qu'il faut entretenir dans cette illusion
Qui peut seule flatter sa vaine passion.

SÉLIME.

Mon cœur ne connaît pas l'hypocrite contrainte,

Et jamais il n'a fait usage de la feinte;
Je ne puis m'imposer cet odieux devoir
D'encenser et l'orgueil et l'injuste pouvoir
Qui transportent notre âme au comble du délire,
Sur le vice et l'erreur fondent leur fol empire.

MOUSSA.

De la discorde on voit le terrible fléau
Transformer l'Ibérie en un vaste tombeau;
Les peuples et les rois sont à leur tour victimes
De leur ambition, source de tous les crimes;
Mais que votre nom passe à la postérité,
Comme un type immortel de la noble équité;
Vous en avez donné jadis un noble exemple;
Admirant vos vertus, l'univers vous contemple.

SÉLIME.

Je veux rendre immortel le nom de mes aïeux,
Par ce zèle constant et toujours glorieux
Qui rendra, sous mes lois, Grenade florissante;
Tu verras ma couronne en ce jour triomphante!
L'aspect guerrier des camps et l'horreur des combats
N'offrent plus à mes yeux de séduisants appas;
De ces vains conquérans qui, dans l'affreuse guerre,
Répandent sans pitié le trépas sur la terre,
Je ne puis envier les triomphes cruels
Qui font impunément le malheur des mortels,
Sur leurs chars belliqueux montent au Capitole,
Et vont se réjouir d'une pompe frivole;
Si l'amour qui m'inspire est le présent d'un Dieu,
Livrons-nous sans réserve à son céleste feu :

Tout suit, dans l'univers, les lois de la nature,
Reçoit l'impulsion d'une flamme si pure,
Nous appelle sans cesse à jouir du bonheur
Dont l'homme est redevable au puissant Créateur.

MOUSSA.

Quand aux lois du Très-Haut la nature asservie
Répand ses plus beaux dons sur l'heureuse Ibérie,
Suivez de votre cœur les nobles sentimens
Que vous ont inspirés l'honneur et vos sermens.

SÉLIME

Je ne suis d'autre loi que l'amour et la gloire,
Qui forment les héros au sein de la victoire;
Cette flamme sacrée anime les grands cœurs,
Des viles passions les rend toujours vainqueurs :
Je ressens aujourd'hui sa divine influence,
Qui rendra le destin propice à ma puissance;
Mais dis-moi s'il convient, pour accomplir ses vœux,
Qu'abjurant à jamais l'honneur de mes aïeux,
Je doive me soumettre aux désirs d'Othalie,
En humble courtisan flatter sa jalousie,
Pour m'enchaîner au joug de la captivité,
Quand le volage amour chérit la liberté.
Je ne puis oublier cette belle Chrétienne;
Il faut tout employer pour qu'enfin je l'obtienne :
Elle fit naître en moi mes premières amours,
Et malgré ma raison je l'aimerai toujours.

SCÈNE II.

SÉLIME, MOUSSA, TIMBA accompagné de plusieurs soldats maures, s'avancent précipitamment,

TIMBA *(se plaçant entre Sélime et Moussa.)*

A peine ai-je entendu la trompette guerrière
De l'aurore annoncer la brillante carrière,
Que m'élançant soudain au milieu des combats,
Au nom de Mahomet j'affronte le trépas;
A ces fiers sectateurs il inspira ce zèle
Qui nous a tous couverts d'une gloire immortelle;
Nos aïeux, du Prophète invincibles soutiens,
Ont toujours triomphé des efforts des Chrétiens.
Que la mer en courroux, comme une écume immonde,
A vomi sur les bords où git un autre monde.
Naguère en parcourant le pays nuit et jour,
Nous vîmes un objet digne de votre amour.

MOUSSA.

Près du camp des Chrétiens, au fond d'une retraite,
Nous étions aux abois, craignant une défaite,
Lorsque, favorisés des plus heureux hasards,
Une rare beauté vient frapper nos regards :
Dans ses beaux yeux brillait la grandeur de son âme,
Que semblait animer une divine flamme;
La valeur des guerriers l'a mise en mon pouvoir,
Elle est, malgré mes soins, toujours au désespoir.
Des célestes Houris la divine influence
Nous fait toujours traiter le sexe avec clémence.

J'étais moi-même épris d'une amoureuse ardeur,
Qu'en mon âme inspirait son regard enchanteur;
Et rien n'est comparable, au sein de la nature,
Aux charmes séduisants de la belle capture
Que le destin a mis aujourd'hui dans nos mains
Pour faire le bonheur du maître des humains.

SÉLIME.

Je prétends qu'on n'exerce aucune violence
Envers la malheureuse et timide innocence.

TIMBA.

J'ai traité tout le monde avec urbanité;
Je leur accordais tout, hormis la liberté :
J'éprouvais quelque peine à voir couler leurs larmes,
Mon devoir me rendait insensible à leurs charmes.

SÉLIME.

Pourquoi leur inspirer une vaine terreur,
Par des combats sanglants dont j'abhorre l'horreur?

MOUSSA.

La plus belle captive est cette Cléomène...

SÉLIME.

Qui toujours de mon cœur sera la souveraine!

TIMBA.

Mon zèle à vous servir vous l'amène en ce lieu.

SÉLIME.

Je sens de mon amour se ranimer le feu.
Pars! Oui, je veux la voir, c'est mon bonheur suprême.

TIMBA.

Et pour vous obéir je cours à l'instant même.

SCÈNE III.

SÉLIME, MOUSSA.

SÉLIME.

Je pourrai donc revoir l'objet de mon amour,
Jouir de sa présence en cet heureux séjour !
Moussa, vas préparer une brillante fête;
Que tout vrai Musulman rende grâce au Prophète
Qui va mettre en ce jour le comble à tous mes vœux.
Que tout soit désormais splendide et somptueux.

SCÈNE IV.

SÉLIME seul.

Hélas ! pour le mortel qui vit dans l'espérance,
Le moindre des retards devient une souffrance;
L'homme épris d'un objet, désire avec ardeur,
Il soupire sans cesse après un vain bonheur;
Lorsqu'un tendre penchant hors du devoir l'entraîne,
Tout change autour de lui, l'erreur est souveraine;
Sa raison qui n'a plus d'empire sur son cœur,
Le soumet sans réserve à ce charme trompeur.

SCÈNE V.

SÉLIME, **TIMBA** conduit les captives entourées de plusieurs gardes, **CLÉOMÈNE**, **FOSTINE** voilées s'avancent lentement.

SÉLIME *(allant quelques pas à leur rencontre.)*

Bannissez à jamais vos craintes, vos alarmes,
Les tendres sentimens que m'inspirent vos charmes;

Vont adoucir soudain la trop vive douleur,
Qui, je vois avec peine, afflige votre cœur.

CLÉOMÈNE (*relevant son voile.*)

Hélas ! après m'avoir à mes parens ravie,
Pourquoi vouloir flétrir le printems de ma vie ?
Agissez envers nous en généreux vainqueur,
De notre sort cruel n'augmentez pas l'horreur.

SÉLIME.

Cléomène, mon cœur me dit combien je t'aime,
Ne sois pas sans espoir.....

CLÉOMÈNE.

Mon tourment est extrême !

SÉLIME (*avec passion.*)

Il n'est plus désormais d'obstacle à mes amours,
Tout me présage enfin le plus beau de mes jours :
L'Ibérie est encor soumise à mon empire !..

FOSTINE.

Mais contre la vertu dans ce lieu tout conspire ;
Et ne devons-nous pas obéir au vainqueur,
Ou bien nous exposer à toute sa fureur ?
Si nous n'adhérons pas aux projets de ses crimes,
De son ressentiment nous sommes les victimes.

SÉLIME.

Votre odieux discours excite mon courroux ;
Implorez à l'instant votre grâce à genoux,
Moi ! l'arbitre en ce lieu de votre destinée.....

CLÉOMÈNE.

Captive ! vous pouvez me rendre infortunée,

M'accabler sous le joug de votre affreux pouvoir,
Et de l'humanité violer le devoir.....

SÉLIME.

Je ne commettrai pas un si barbare outrage;
Sans cesse à la vertu je rends un pur hommage;
Vous allez éprouver avant la fin du jour,
Quel est sur un grand cœur le pouvoir de l'amour.

FOSTINE.

Votre cœur généreux nous donne l'espérance,
Que vous mettrez un terme à notre délivrance;
Mais si la loyauté qui brille dans vos yeux,
Est le masque trompeur d'un projet odieux;
Si vous ne craignez pas la céleste vengeance,
D'Alphonse redoutez l'invincible puissance.

SÉLIME.

Je crains peu le courroux d'un superbe ennemi,
Mon trône est par l'amour de mon peuple affermi;
Ma valeur n'a besoin d'aucun vil artifice;
Mon triomphe est toujours fondé sur la justice;
Je n'armerai jamais mon bras d'un fer vengeur,

CLÉOMÈNE.

La clémence est le don le plus beau du vainqueur.
Suivez l'impulsion d'une âme généreuse,
Et ne me rendez pas encor plus malheureuse,

FOSTINE.

Mais le sort de la guerre est souvent incertain;
On se trompe en comptant sur son heureux destin:

Dans les mains du vainqueur l'inconstante fortune,
Brise en mille morceaux le sceptre de Neptune ;
L'empire des vertus compagnes des beaux-arts,
Augmente la splendeur du trône des Césars.

CLÉOMÈNE.

Je ne puis exprimer que d'une voix plaintive,
Les divers sentimens de mon âme craintive ;
Laissez-moi consoler un père révéré,
Accomplir un devoir qui fut toujours sacré.

SÉLIME (*avec tendresse.*)

Je metttrai tous mes soins à vous plaire sans cesse,
Par les plus doux transports d'une amoureuse ivresse ;
Mais craignez le courroux d'un guerrier africain,
L'amour le rend terrible et souvent inhumain ;

(*Avec énergie.*)

Si quelqu'audacieux d'une voix téméraire,
Osait un seul instant en ce lieu vous déplaire ;
Qu'il redoute l'ardeur d'un cœur tendre et jaloux,
Rien ne pourrait calmer l'horreur de mon courroux.

(*Rassurant Cléomène effrayée.*)

J'afflige votre cœur..... je n'ai point de colère,
Mon suprême bonheur n'est-il pas de vous plaire ?
D'accomplir vos désirs, de vous aimer toujours ?
Ah ! d'un heureux succès couronnez mes amours ;
Je renonce à l'orgueil d'une vaine puissance,
Pour célébrer le jour d'une heureuse alliance,
Qui doit nous réunir par des liens sacrés,
Qui seront, je l'espère, au bonheur consacrés;

Je crois déjà vous voir sensible à ma tendresse ,
Qu'elle soit le signal d'une vive allégresse.

SCÈNE VI.

Les Précédens , **MOUSSA** accompagné d'une troupe de Maures.

MOUSSA *(arrive précipitamment.)*

L'ennemi triomphant vers nous marche à grands pas,
Il faut soudain combattre ou bien fuir le trépas ;
Il n'est plus d'espérance et nos troupes en fuite,
N'offrent plus qu'une armée entièrement détruite ;
Nous sommes les jouets de perfides complots ;
Tel que du fond des mers on voit surgir les flots ,
Lorsque de son trident Neptune agite l'onde,
Fait trembler l'océan , les fondemens du monde;
De même des Chrétiens l'invincible valeur,
A semé l'épouvante en ce jour plein d'horreur;
Profitez sans retard de ma vaillante escorte
Qui doit de nos guerriers rejoindre la cohorte.

SÉLIME.

Quel horrible destin ! j'ai trahi mon devoir,
Et je me vois déchû pour jamais du pouvoir.

MOUSSA.

Non ! vous ne verrez plus le succès de nos armes ,
Calmer des Grenadiens les plus vives alarmes.

CLEOMÈNE.

Songez à vous soustraire au courroux du vainqueur ;
Hâtez-vous de partir !..

SÉLIME.

O Ciel quelle rigueur !
Voulez-vous me ravir la vie et l'espérance,
Et de mes cruels maux ranimer la souffrance ?

FÓSTINE.

Mais si vous prolongez notre captivité,
Craignez le bras vengeur de Gonsalve irrité ;
Nos parens offensés de ce nouvel outrage,
Vont répandre en ce lieu le plus affreux ravage.

SÉLIME *(à part à Moussa.)*

Elle m'est à présent plus chère que jamais ;
Sans elle et mon amour je ne puis vivre en paix.

CLÉOMÈNE.

Allez ! Votre devoir loin de moi vous appelle,
Et ne vous rendez pas à la gloire infidèle.

SÉLIME.

Ignorez-vous encor que tout m'attache à vous,
Qu'il s'agit de la mort ou d'être votre époux ?,..
Hélas ! plaignez un prince au comble de l'ivresse,
Qui ne peut de son cœur réprimer la tendresse,
Sans espoir s'abandonne à cette passion
Qui confond des mortels l'orgueil et la raison...
Vous allez décider du sort de l'Ibérie ;
De votre aveu dépend le destin de ma vie !

MOUSSA (*à Sélime faisant signe aux gardes d'emmener Cléomène.*)

Ici la loi suprême est de vous obéir;
Malheur à qui s'oppose à votre seul désir!

CLÉOMÈNE (*les repoussant avec indignation.*)

Arrêtez! gardez-vous d'user de violence
Indigne d'un guerrier qu'inspire la vaillance!
Voulez-vous consommer mon fatal déshonneur,
Pour prix de l'intérêt que je prends au malheur?...

SÉLIME (*avec le plus grand transport.*)

Qu'espérez-vous encor?... la résistance est vaine;
Envers moi serez-vous constamment inhumaine?...
Mais craignez la fureur de mon cœur africain,

(*Prenant son poignard.*)

D'un Musulman jaloux cette homicide main...
Redoutez mon courroux, je suis hors de moi-même!
Gardes, exécutez ma volonté suprême!

(*Les gardes ayant à leur tête Timba entourent Cléomène.*)

CLÉOMÈNE (*avec énergie.*)

Barbares, faites-moi plutôt cent fois mourir
Que de me faire ainsi dans la honte souffrir!
A mon sexe outragé ne faites pas l'injure
De le croire insensible aux lois de la nature!
Le Ciel, mes sentimens, m'ont prescrit un devoir,
Et ne me plongez pas dans l'affreux désespoir!

SELIME.

Je me sens animé d'une flamme divine
Qui fera le bonheur que le Ciel vous destine!

CLÉOMÈNE.

J'invoquerai toujours la justice du Ciel
Qui doit confondre un jour tout pouvoir criminel.

MOUSSA.

(A son signal quatre soldats maures apportent un palanquin sur lequel Moussa place Cléomène.)

Mais Partons !

CLÉOMÈNE (*sur le palanquin.*)

C'est ainsi que triomphe le crime ,
Dont la faible innocence est souvent la victime !

CHANGEMENT A VUE.

La tente s'enlève par un changement à vue et découvre les hauteurs qui étaient au fond du théâtre.

Moussa se met à la tête de l'escorte , au milieu de laquelle , on porte Cléomène sur un palanquin suivi de Sélime; et l'on voit tout le cortége gravir les hauteurs pour se rendre au palais du sultan Almanzore.

ACTE III.

Le théâtre représente un magnifique salon à colonnade à la mauresque.

SCÈNE I.

SÉLIME, MOUSSA.

MOUSSA.

Tel on voit un nuage obscurcir l'horison,
Présager l'ouragan qui détruit la moisson;
En portant le ravage au sein de la nature,
Couvrir d'un voile épais sa brillante parure;
De même tout annonce un lugubre avenir,
Quand des siècles passés l'immortel souvenir;
Ne présente à l'esprit qu'une scène affligeante,
De l'empire du bien une lutte impuissante,
Où tous les maux sans cesse accablent les humains,
Qui tombent sous les coups d'implacables destins.

SÉLIME.

Quand de la perfidie un prince a tout à craindre,
D'un sort trop rigoureux n'a-t-il pas à se plaindre?
La sultane a semé la discorde en ce lieu,
Tout m'engage à lui dire un éternel adieu.

MOUSSA.

En ce moment bien loin de vouloir lui déplaire,
Vous devez d'Othalie apaiser la colère;

Des princes bienfaisants le plus noble devoir,
Est de faire chérir leur règne et leur pouvoir;
S'il existe parfois quelque sujet de plainte,
Aux droits les plus sacrés ne portez pas atteinte;
Vous devez être juste et sans trop de rigueur,
Avoir de la clémence en pardonnant l'erreur.

SÉLIME.

Je ne veux employer la suprême puissance,
Qu'à faire triompher la vertu, l'innocence;
Pour ne règner jamais que sur un peuple heureux,
Qui bénit des bons rois l'empire glorieux;
Mais j'exige de toi qu'en serviteur fidèle,
Tu serves mon amour avec le plus grand zèle;

MOUSSA.

Reposez-vous, seigneur, sur ma fidélité,
J'obéis sans réserve à votre volonté;
Au devoir que l'honneur pour votre bien m'ordonne,
Mon prince, non jamais, je ne vous abandonne;
Quels que soient en ce jour les grands événemens,
Qui vont soudain changer le sort des Musulmans.

SÉLIME.

Mais une inquiétude en ce moment m'agite;
Quand je pense au sultan mon âme est interdite;
Je compte sur ton zèle, il pourra me servir,
Pour te récompenser que pourrais-je t'offrir?

MOUSSA.

Je ne veux mériter que votre bienveillance,
Et sans avoir en vue aucune récompense,

Je serai constamment un zélé serviteur :
Mon dévoûment pour vous est gravé dans mon cœur.

SÉLIME.

Dès les premiers rayons de la brillante aurore,
Rends-toi dans le palais de mon père Almanzore,
Pour lui représenter que de cette union
Va naître le bonheur dans cette région ;
Pars, et viens sur-le-champ m'apporter la réponse
Que l'orgueilleux sultan par ta bouche m'annonce.

MOUSSA.

Je cours à l'instant même accomplir vos desseins.

SÉLIME.

Il faut les dérober aux yeux des Sarrasins.

SCÈNE II.

SÉLIME, **OTHALIE** s'avance lentement.

SÉLIME (*voyant venir Othalie.*)

Ciel ! que vois-je ? Othalie, en sa vaine espérance,
S'avance avec fierté pour braver ma puissance !
Le courroux qui paraît dans ses terribles yeux
Semble me menacer de son joug odieux.

OTHALIE.

Serez-vous constamment insensible à mes larmes ?
Hélas ! daignez, seigneur, apaiser mes alarmes ;
Vous êtes animé d'une secrète ardeur,
Qui, je le vois, sans cesse agite votre cœur.

(A part.)

Traître, n'espère pas séduire encor mon âme
Par les dehors trompeurs d'une perfide flamme !

SÉLIME *(à part.)*

Je ressens du remords l'épouvantable voix,
Et je n'ai que l'horreur de mon destin pour choix.

OTHALIE.

Au comble de l'amour et d'une douce ivresse,
Vous fîtes le serment d'aimer avec tendresse ;
Auriez-vous oublié ces tendres sentimens,
Et ces jours fortunés de mon heureux printems ?
Hélas ! je m'en souviens encore avec délice ;
Daignez vous expliquer sans aucun artifice.

SÉLIME *(à part.)*

Je me vois confondu...

OTHALIE.

Vous avez un secret
Qu'au fond de votre cœur vous cachez à regret ;
Veuillez, je vous supplie, à l'instant me l'apprendre.

SÉLIME *(à part.)*

A ce terrible aveu je devais bien m'attendre :
Comment lui révéler l'objet de mon amour ?
J'ai perdu le bonheur et la paix sans retour !

OTHALIE *(avec une feinte tendresse.)*

Eh bien ! vous hésitez, vous gardez le silence !
Quel malheur a terni l'éclat de la vaillance
Dont votre noble cœur fut sans cesse animé,
Et ne vous ai-je pas constamment estimé ?

Rien ne peut survenir dans votre destinée
Qui n'intéresse encor l'amante infortunée
Que votre ingratitude accable sous un sort
Qui m'est bien plus cruel que l'horreur de la mort.

SÉLIME

Sachez que je ne puis, au milieu des alarmes,
Vous témoigner l'amour que m'inspirent vos charmes.
Un puissant ennemi menace ce séjour,
Je dois me préparer au combat dès ce jour,
Pour sauver d'Almanzor et la vie et le trône,
Sur sa tête affermir de nouveau la couronne.
Fuyez, laissez-moi seul affronter le danger.

OTHALIE.

Quel que soit le péril, je veux le partager :
Ta vie est exposée et tu veux que je fuie !
Mais sans tes jours, hélas ! que m'importe la vie ?
Prends pitié de mes pleurs, ne me repousse pas,
J'embrasse tes destins, je m'attache à tes pas ;
Montre-moi le péril, tu verras si je t'aime !
Quels sont tes ennemis ?... nomme-les moi...

SÉLIME

Vous-même,
Lorsque par vos discours vous me persécutez,
Et que par votre amour toujours vous m'agitez.

OTHALIE.

Oui, je le vois, par vous je vais être trahie ;
Je saurai me venger de cette perfidie.

SÉLIME.

Ah! ne m'accablez pas d'une injuste rigueur!
Tout m'afflige et me cause une vive douleur.
J'aurai toujours pour vous une amitié sincère;
Je souhaite ardemment qu'un avenir prospère
Puisse vous rendre heureuse, exauce vos désirs,
Et sème sur vos pas les ris et les plaisirs :
Je ne veux pas vous voir, par la mélancolie,
Au fond d'un noir tombeau si jeune ensevelie.

OTHALIE.

Mais pourquoi cet hymen si longtems différé,
Qui devait nous unir par un lien sacré,
N'est-il plus le sujet de votre doux langage?
Et vous ne daignez plus me rendre aucun hommage;
Tout n'annonce-t-il pas, dans ce funeste jour,
Que votre cœur pour moi n'a plus aucun amour?...

(*Sélime confus s'éloigne d'Othalie.*)

Au lieu de me parler, vous fuyez ma présence,
Sans craindre d'exciter ma haine et ma vengeance;
En vain vous me cachez vos secrets sentimens,
Vous allez, je le vois, trahir tous vos sermens.
Lorsque des plus grands rois j'ai refusé l'hommage,
Pour vous offrir du trône un brillant apanage,
Vous osez concevoir le dessein criminel
D'être à la fois parjure et d'offenser le Ciel,
Pour tromper mon amour et mon cœur magnanime,
Et de la trahison me rendre la victime.

SÉLIME (*à part.*)

Je tremble! Mes projets seraient-ils découverts,
Ainsi que mon amour et mes honteux revers?...

OTHALIE,

Je le sais, vous aimez une esclave étrangère.

SÉLIME (*à part.*)

Ciel! elle a tout appris, elle me désespère!

OTHALIE.

Vous trahissez ainsi vos sermens, vos amours,
Et je perds sans espoir votre cœur pour toujours;
Mais ne craignez-vous pas d'être enfin la victime
Qu'en sa juste fureur immolera le crime,
Si, malgré vos sermens, votre amour criminel
Viole tous les droits révérés du mortel?

SÉLIME.

Vous m'accablez!

OTHALIE.

Eh bien! cette scélératesse
Est le prix odieux qu'obtiendra ma tendresse;
Mais s'il vous reste encore un sentiment d'honneur,
Songez à votre crime, et frémissez d'horreur!

SCÈNE III.

SÉLIME. seul,

Par ses transports qui font retentir cette enceinte,
Croit-elle m'inspirer une servile crainte?

Et que malgré mon rang je l'implore à genoux,
Pour flatter son orgueil, plaire à son cœur jaloux,
Pour ramper sous le joug de l'indigne esclavage,
D'une princesse altière abhorrant mon hommage,
Ou bien qui le reçoit comme un humble devoir,
D'un courtisan qui doit encenser son pouvoir,

SCÈNE IV.

SÉLIME, CLÉOMÈNE s'avance lentement accompagnée de plusieurs femmes mauresques.

SÉLIME (*voyant venir Cléomène*).

C'est Cléomène, ô Ciel! apaisons cette haine,
Qu'excite dans mon âme un amante inhumaine,
Qui par ambition veut m'imposer la loi,
Répand dans ce palais la discorde et l'effroi.

(*S'approchant de Cléomène.*)

Livrez-vous à l'amour, bannissez vos alarmes,
L'Ibérie est soumise au pouvoir de vos charmes;
Vous pouvez désormais accomplir mon bonheur.

CLÉOMÈNE.

Ah! bannissez l'espoir qu'un discours si flatteur
Puisse d'une captive obtenir le suffrage,
Qui ferait mon malheur au printems de mon âge;
Mon cœur ignore encor le doux plaisir d'aimer.

SÉLIME.

Ce seul mot me ravit, a l'art de me charmer!

CLÉOMÈNE.

Epargnez-moi, seigneur, un aveu téméraire;
Un devoir rigoureux m'ordonne de me taire;
Et loin de mes parens, étrangère en ces lieux,
Je dois être soumise aux volontés des Cieux:
J'ai fait au Créateur le noble sacrifice,
De n'aimer que lui seul et sa sainte justice;
De ce monde inconstant le langage trompeur,
Ne séduira jamais mon esprit et mon cœur.
C'est mon sort!

SÉLIME.

Auriez-vous une âme assez cruelle,
Pour mépriser toujours un amour si fidèle?
Voulez-vous sans pitié pour éteindre mes feux,
Mettre un terme à mes jours, les rendre malheureux,
Qui vous empêche encor d'être à mes vœux propice?
Votre refus ferait mon tourment, mon supplice:
Craignez d'un Africain la rage et la fureur;
Je voulais aujourd'hui faire votre bonheur;
Je le vois, mon amour, mon zèle et ma constance,
N'ont eu sur votre cœur qu'une faible puissance,

CLÉOMÈNE.

Mon devoir le défend...

SÉLIME.

Sans crainte expliquez-vous?

CLÉOMÈNE.

Eh bien! n'espérez pas d'être jamais l'époux
De celle dont ma loi pour toujours vous sépare.

SÉLIME.

Croyez-vous que je sois un être aussi barbare,
Quand prosterné le monde honore un puissant Dieu,
Que sous des noms divers l'homme adore en tout lieu ?
La voix de Mahomet proclama sa puissance,
Avec vous nous permet de former l'alliance,
Que je veux consacrer sur l'autel des Chrétiens,
L'hymen va nous unir de ses tendres liens.

CLÉOMÈNE.

Dans mon âme je sens renaître l'espérance,
Vous allez mettre enfin un terme à ma souffrance;
Votre esprit généreux par l'amour éclairé,
Va rendre un pur hommage à mon culte sacré:
Vos vertus vont briller d'une gloire immortelle,
Quand vous serez aux loix du Créateur fidèle;
Vous ne trahirez pas les vœux que j'ai formés,
Pour consoler un jour mes parens alarmés.

SÉLIME.

Je vais me rendre auprès de mon auguste père,
Pour qu'il soit désormais à notre hymen prospère :

(*Affectueusement.*)

Adieu ! reposez-vous sur mon fidèle amour ;

CLÉOMÈNE (*le voyant partir.*)

J'éprouve au fond du cœur de la peine à mon tour !

SCÈNE V.

CLÉOMÈNE seule.

Hélas ! j'ignore encor pourquoi mon cœur soupire ;
Si c'est un doux penchant que la nature inspire ,
Comment pourrait-il rendre un amant criminel
Exciter contre lui la vengeance du Ciel ?
Dès l'aurore je sens un feu qui me dévore ,
Que je ne puis calmer et qui m'enflamme encore ;
Pourrai-je être insensible au charme de l'amour ,
Quand Sélime m'en fait un aveu sans détour ?
Mais lorsqu'avec candeur il m'offrait son hommage,
Il avait de mon cœur captivé le suffrage ;
Et séduite en un jour par un doux sentiment ,
De cette passion j'éprouve le tourment :
Lorsque de son ardeur elle embrase notre âme ,
Qui pourrait résister au pouvoir de sa flamme ?
Bannissons cet amour qui serait sans espoir,
Je dois lui préférer l'honneur et le devoir.

SCÈNE VI.

CLÉOMÈNE , **OTHALIE** suivie de **MIRZA** et de **BIRBA** à la tête des gardes d'Othalie.

CLÉOMÈNE.

Mais je vois s'avancer une altière princesse ,
Dont la démarche annonce une horrible tristesse ;

De ses yeux enflammés partent des traits hagards,
Je courre me soustraire à ses affreux regards;

(Elle veut fuir, mais elle est ramenée par les gardes auprès Othalie.

OTHALIE.

Qu'on amène l'esclave auprès de ma personne,
Qu'elle n'espère pas que mon cœur lui pardonne;
Je le sens animé d'un horrible courroux
Oui, je veux me venger, l'accabler sous mes coups.
Approche, insinuante, odieuse rivale,
Vil objet d'une flamme à mon amour fatale;
C'est l'odieux penchant de ton perfide cœur,
Qui répand dans ce lieu le trouble et le malheur.

CLÉOMÈNE.

Ayez au nom du Ciel pitié d'une étrangère,
Et ne l'accusez pas d'un crime involontaire.

OTHALIE.

Non! je n'aurai jamais pour toi de la pitié,
Tu ne peux m'inspirer que de l'inimitié;
J'abhorre tes appas et ton âme orgueilleuse...

CLÉOMÈNE.

Ne suis-je pas toujours captive et malheureuse?
Si le cruel destin ma donné des appas,
N'en suis-je pas victime, ils causent mon trépas.

OTHALIE.

Pourquoi n'as-tu pas fui bien loin de cette enceinte
Qui te retient sinon qu'une hypocrite feinte?

Et ne voulais-tu pas rester dans ce palais,
Pour te livrer encore à de nouveaux forfaits ?
Ainsi tu n'es pas moins coupable que Sélime,
Dès longtems enhardie aux mensonges du crime.

CLÉOMÈNE.

L'arbitre des humains connait mes sentimens,
Je n'ai jamais trahi ma foi, ni mes sermens.

OTHALIE.

Un seul de ses regards m'indispose et m'offense ;
Qu'on l'emmène, j'abhorre à jamais sa présence,

(*Les gardes l'entourent.*)

(*A Birba en le prenant à part.*)

Écoute, j'ai formé l'audacieux projet,
De me défaire enfin de ce fatal objet.

CLÉOMÈNE (*allant se jeter au genoux d'Othalie.*)

Ayez quelques égards pour une infortunée,
Hélas ! n'aggravez pas ma triste destinée.
Je vous supplie, ayez pitié de ma douleur !

OTHALIE.

Qu'elle parte à l'instant, elle me fait horreur.

(*Birba fait signe aux gardes d'emmener Cléomène.*)

Il ne faut révéler ce mystère à personne,
A ta fidélité, Birba, je m'abandonne ;
Emmène-la soudain par des chemins obscurs,
Dans ce noir souterrain enclos de vastes murs ;
Tu pourras sans témoin punir son insolence,
Et la faire expirer dans ce morne silence
Qui règne nuit et jour dans ce lieu de terreur,
Où tout cœur criminel doit frissonner d'horreur :

Mais évite avec soin tout regard téméraire,
Qui voudrait vainement découvrir ce mystère;
Rien ne doit transpirer, telle est ma volonté,
Birba.

BIRBA.

Reposez-vous sur ma fidélité.
Quel mortel oserait jamais mettre une entrave
A votre volonté, la loi de votre esclave.

OTHALIE.

Puisque mon sort dépend de cette mission
Rien ne doit l'arrêter.....

BIRBA.

C'est mon intention.
Vous allez voir, sultane, avec quel cœur fidèle,
Birba va vous servir avec le plus grand zèle.

OTHALIE.

Si par toi mon triomphe est un jour assuré,
Mon serment envers toi sera toujours sacré.

Birba va rejoindre les gardes qui l'attendent au fond du théâtre.

SCÈNE VII.

OTHALIE, MIRZA,

OTHALIE.

O désespoir.

MIRZA.

Calmez le tourment de votre âme,
Il faut vaincre surtout l'amour qui vous enflamme;
Qui porte un trouble affreux au fond de votre cœur,
Prépare sous vos pas l'abime du malheur;
De l'esclave chrétienne on connait la famille;
Du général en chef on dit qu'elle est la fille,
Par lui vos droits au trône auraient pu s'affermir.

OTHALIE.

Je ne saurais penser à mon sort sans frémir!
Je suivrai ton conseil, son inexpérience,
Pourrait favoriser mes projets de vengeance;
Je ne perds pas l'espoir que me donnent mes droits,
Pour règner dans Grenade en dépit de ses rois;
Qui malgré leur orgueil et leur vaine puissance,
Sur le sort de l'Ibère auront peu d'influence.

MIRZA.

Pour conquérir vos droits renoncez à l'amour,
Soyez digne du trône et règnez dès ce jour;
Il faut mettre à profit l'heureuse circonstance,
Qui doit de votre règne assurer la puissance;
Tout favorise enfin le projet de grandeur,
Qui de votre grande âme excite encor l'ardeur,
Vous devez sans partage être à ce rang suprême,
Qui doit sur votre front mettre le diadême.

OTHALIE.

Plein d'outrage je sens mon esprit s'agiter,
Mes pas vers le pouvoir vont se précipiter;

Seule dans l'univers je dois à ta tendresse,
Cette perfide paix dont j'abhorre l'ivresse ;
Tu consoles souvent mon âme au désespoir,
Tu remplis envers moi le plus tendre devoir ;
Que Cléomène apprenne à connaître Othalie,
Et tremble d'exciter encor ma jalousie ;
Désormais mon courroux ne connait plus de frein,
Allons voir la captive au fond du souterrain.

(*Elle part précipitamment suivie de Mirza.*)

ACTE IV.

Le théâtre représente un vaste souterrain qui n'est que faiblement éclairé. On voit dans le fond un lit de repos couvert de paille.

SCÈNE I.

CLÉOMÈNE seule.

(*Elle est vêtue d'une robe de couleur brune , elle est pâle et ses cheveux flottent sur son sein. Au lever du rideau . elle est négligemment assise sur le lit de repos.*

Au moment qu'un rayon d'une douce espérance
De mes maux m'annonçait l'heureuse délivrance,
Je suis sacrifiée au sort le plus cruel;
Hélas! j'implore en vain la justice du Ciel.
D'un odieux complot innocente victime,
Je me vois condamnée au supplice du crime :
En proie à tous les maux d'un barbare destin,
Je dois finir mes jours dans ce noir souterrain.

(*Elle s'avance vers l'avant-scène.*)

Ainsi dans l'univers l'innocence succombe,
Doit, comme un criminel descendre dans la tombe,
Lorsque l'homme puissant, dans la prospérité,
Jouit en paix des fruits de son iniquité.
Par le concours fatal d'une seule imprudence,
Je me vois exposée à l'affreuse vengeance

D'une sultane altière, insensible au remord,
Qui veut, dans sa fureur, me conduire à la mort.
Grand Dieu ! pourquoi faut-il que la cruelle envie,
A l'âge des amours, empoisonne ma vie ?...
Je devrais abhorrer ces odieux appas
Qui causent mes tourmens, vont hâter mon trépas.
Quand je vivais au sein d'un solitaire asile,
De mes jours fortunés le cours était tranquille ;
J'ai vu s'évanouir le charme de l'amour,
La trahison bannir la paix de ce séjour.

Romance.

Dans l'âge de l'innocence,
On cherche en vain le bonheur ;
Sans aucune expérience,
Peut-on préserver son cœur.

Comment résister aux charmes,
Que flatte une douce erreur ;
L'amour n'inspire d'alarme ?
Que lorsqu'il est le vainqueur.

Mais pourquoi si jeune encore,
De l'amour sentir les feux,
Dès le lever de l'aurore,
Passer des jours malheureux ?

De l'amour je suis victime,
Malgré le plus doux serment,
Je suis au bord de l'abime,
loin du secours d'un amant.

Par ma trop vive tendresse,
Et dans l'âge des amours
Dans le sein de la tristesse,
Je dois mourir tous les jours.

Dieu, sois à mon sort propice,
Protège mon tendre cœur,
Fais éclater ta justice,
Mets un terme à mon malheur.

(*Elle écoute le bruit qui se fait à la porte du souterrain.*)

O Ciel! j'entends du bruit! Quelqu'âme charitable
Viendrait-elle me tendre une main secourable?
Ou bien serait-ce encor quelque monstre odieux
Qui vient finir mes jours dans ces lugubres lieux?
Hélas! le bruit augmente ainsi que ma souffrance :
Je suis au désespoir, je n'ai plus d'espérance;
Tout m'accable à la fois... O déplorable erreur!
Je me suis trop livrée au penchant de mon cœur.

(*La porte du souterrain s'ouvre à l'instant.*)

SCÈNE II.

CLÉOMÈNE, **OTHALIE**, **MIRZA**, **BIRBA** à la tête des gardes d'Othalie précédés de deux Nègres, portant des flambeaux.

CLÉOMÈNE (*en délire regardant Othalie avec surprise.*)

Du ténébreux séjour n'es-tu pas un fantôme,
Ou bien une vestale errante au sein de Rome?

OTHALIE.

Non, désabuses-toi...

CLÉOMÈNE.

Je n'ai plus de bonheur,
La mort seule peut mettre un terme à ma douleur.

MIRZA.

Votre coupable amour vous rend infortunée.

CLÉOMÈNE.

Je suis, dans mon malheur, du monde abandonnée;
Rien ne peut adoucir mon destin rigoureux,
Ne rendez pas mon sort encore plus affreux.

OTHALIE.

De Sélime pourquoi recevais-tu l'hommage,
Quand le suprême rang n'était pas ton partage?
Tu violais ainsi mes droits les plus sacrés.

CLÉOMÈNE.

Ah! pardonnez, princesse, à mes sens égarés,
Et ne me rendez pas d'un soupçon la victime:
De votre noble cœur suivez l'essor sublime;
Loin des plaisirs mondains, d'une brillante cour,
J'appris dès mon enfance à parler sans détour;
Je ne connaissais pas les peines de ce monde,
Les tribulations d'une douleur profonde,
Et mes jours n'étaient pas au malheur condamnés,
Je pouvais vivre heureuse en des lieux fortunés,

Quand mon cœur était pur comme ma conscience ;
J'ignorais de l'amour le charme et la puissance ;
Au Dieu de la nature en consacrant mes vœux,
Je ne pouvais prévoir des jours si malheureux ;
Rien ne troublait alors ma paisible carrière,
Lorsqu'un événement, les hasards de la guerre...

OTHALIE.

Eh bien ?...

CLÉOMÈNE.

Hélas ! changea mon destin pour toujours.

OTHALIE.

Votre père ?...

CLÉOMÈNE.

Lopez est l'auteur de mes jours.

BIRBA (*s'approchant de Cléomène.*)

C'est le chef des Chrétiens ; Alphonse est votre frère ;
Il est des Sarrasins le vaillant adversaire :
Je dois rendre justice à son cœur généreux,
Qui dans l'adversité prend soin des malheureux.

MIRZA (*à Othalie.*)

Formez avec ce prince une intime alliance ;
Il fera triompher vos droits par sa vaillance.

OTHALIE.

Je veux me prévaloir de cet heureux destin ;
Que l'esclave obéisse à mes ordres soudain.

MIRZA (*à Cléomène.*)

Sans crainte obéissez dans cette circonstance.

CLÉOMÈNE.

Je vous promets, sultane, une humble obéissance.

OTHALIE (*à Mirza.*)

La voilà donc enfin réduite à la raison.

MIRZA.

Vous avez dissipé sa vaine illusion.

OTHALIE.

Cléomène, écrivez de suite à votre frère,
Pour qu'il vienne, suivi d'un fidèle émissaire,
Vous délivrer du joug de votre ravisseur;
Qu'il soit des Grenadiens aujourd'hui le vainqueur.

MIRZA (*à Cléomène.*)

Et vous serez sans doute au comble de la joie,
De revoir vos parens à la douleur en proie.

CLÉOMÈNE.

Moi! proclamer au monde ainsi mon déshonneur,
Pour rallumer la guerre avec plus de fureur,
Et flétrir à jamais mon culte et ma patrie!
Je ne commettrai pas cette action impie.
Si vous me condamnez au plus horrible sort,
Ordonnez sur-le-champ que je marche à la mort.

MIRZA.

Comment prétendez-vous prouver votre innocence,
Lorsque vous renoncez à votre délivrance?

Si vous ne retournez auprès de vos parens,
Où voulez-vous porter vos pas toujours errans?
Au sein d'une contrée encor votre ennemie,
Le monde avec horreur verrait votre infamie;
Mais une fille doit s'immoler au devoir,
Et désabusez-vous d'un amour sans espoir.

OTHALIE (*à Cléomène.*)

La crainte de la mort force à l'obéissance,
Et vous devez céder au gré de ma puissance,
Qui règne sans rivale en ce lieu ténébreux.
Où vous allez subir des supplices affreux!

CLÉOMÈNE (*à part.*)

Qu'il en coûte à mon cœur de trahir ce qu'il aime!

MIRZA (*à Cléomène.*)

Voulez-vous résister à cet ordre suprême?

OTHALIE.

Vous hésitez!

CLÉOMÈNE.

Je vais soudain vous obéir.

OTHALIE.

C'est un devoir pour vous d'accomplir mon désir.

CLÉOMÈNE (*à part*).

Hélas! je ne puis faire aucune résistance,
Lorsque l'on me commande avec autant d'instance,

OTHALIE.

Ecrivez je vous prie et sans plus m'irriter,

(Mirza conduit Cléomène auprès de la table pour écrire).

Jusqu'au moindre détail que je vais vous dicter :

(Othalie dicte à Cléomène assise à la table prête à écrire).

« Venez sans plus différer, Alphonse, mon chère frère,
» Auprès d'une princesse, avec cet émissaire,
» Qui du présent écrit est le discret porteur.
» Venez me délivrer du plus vil ravisseur. »

CLÉOMÈNE (*se levant précipitamment,)*

Mais c'est vraiment porter la vengeance à l'extrême,
Je ne pourrai jamais écrire ce blasphème,
Et je vais implorer la clémence d'un Dieu,
Qui du juste soutient l'espérance en tout lieu.

MIRZA.

Si vous n'obéissez, vous avez tout à craindre.

OTHALIE.

Quel est donc son espoir?

CLÉOMÈNE.

Ah! que je suis à plaindre!

MIRZA (*à Cléomène.* (

Craignez par un refus d'exciter sa fureur.

OTHALIE

Oui ! je veux dans son âme inspirer la terreur!

CLÉOMÈNE (*à part.*)

Comment m'opposer seule à l'altière princesse ,
Pour qui rien n'est sacré dons son impie ivresse ?

MIRZA (*à Cléomène.*)

Vous devez obéir sans trahir vos sermens,
Si vous ne voulez pas mourir dans les tourmens.

CLÉOMÈNE (*à Othalie.*)

J'obéirai, sultane, à votre vœu suprême.
(*A part*).
Quel cruel sacrifice !

OTHALIE.

Ah ! ma joie est extrême !
Je vais donc triompher accomplir mon projet ;
De se plaindre le roi n'aura plus le sujet ;
Je dois craindre surtout la vile calomnie,
Qui peut tromper les rois et flétrir le génie.
Grand Dieu ! tout désormais est propice à mes vœux,
Et je dois profiter de ce moment heureux.

MIRZA (*couduisant Cléomène à la table pour écrire et s'adressant aux nègres qui apportent des flambeaux.*)

Esclaves, éclairez ce lieu lugubre et sombre.

OTHALIE (*à Cléomène*).

Quant à vous, écrivez sans jamais m'interrompre.

(*Dictant à Cléomène.*)

« Venez pour conquérir Grenade en ce jour,
» Chasser les Sarrasins du pays sans retour ;

» De la sultane ayez l'ardeur, la vigilance,
» La couronne est le prix qu'obtiendra la vaillance;
» Venez me délivrer de la captivité,
» A l'Ibérie il faut rendre la liberté ! »

(*Prenant la lettre que lui remet Cléomène.*)

Donnez-moi cette lettre avec sa signature;
Je la ferai remettre aussitôt en main sûre.

(*Après avoir ployé la lettre et l'avoir mise dans sa ceinture, elle conduit Cléomène à l'écart.*)

Je vous ai confié cet important secret,
Mais je ne vous crois pas un esprit indiscret;
Gardez-vous de jamais révéler ce mystère,
Qu'il demeure entre nous et votre illustre frère :
Il s'agit de sa gloire ou d'une affreuse mort,
Alphonse ne pourrait en éviter le sort:
Si la moindre imprudence excitait des alarmes,
Allait faire courir les Grenadiens aux armes,
Nous serions tous perdus sans espoir pour toujours,
Vous feriez le malheur du reste de vos jours.

(*On entend au dehors un grand bruit.*)

O Ciel ! j'ai tout à craindre !

CLÉOMÈNE.

Et moi j'ai l'espérance
Que le Ciel favorise enfin ma délivrance.

(*La porte du souterrain est enfoncée tout d'un coup.*)

SCÈNE III.

Les Précédens, **SÉLIME** à la tête d'une troupe de Maures. entre le glaive à la main.

OTHALIE (*fuyant Sélime*).

Je vois avec horreur ce prince audacieux !

SÉLIME (*arrêtant Othalie.*)

Mon bras doit vous punir de ce crime odieux !

MIRZA (*à Othalie.*)

Nous n'avons plus d'espoir !

OTHALIE (*à l'écart*).

Je vais mourir de rage,
Je ne pourrai jamais supporter cet outrage.

CLÉOMÈNE (*s'approchant de Sélime.*)

Délivrez-moi du joug d'un barbare oppresseur,
Et je devrai la vie à mon libérateur !

SÉLIME.

J'accours pour vous sauver de cet horrible abîme,
Pour faire triompher l'innocence du crime.

OTHALIE.

Je voulais aujourd'hui rétablir son honneur.

SÉLIME (*regardant Othalie avec indignation.*)

Et vous ne m'inspirez qu'un sentiment d'horreur !
Allez ! éloignez-vous et fuyez ma présence,
Vous avez pour toujours flétri votre naissance.

En vous plaçant au rang des plus grands criminels ,
Vous avez mérité le mépris des mortels.

OTHALIE (*avec transport.*)

J'ai découvert enfin ton affreux stratagême ,
Pour usurper le trône avec le diadême;
Je ne subirai pas ton odieuse loi ,
Je vais à l'instant même en instruire le roi ;
Dans son juste courroux il punira l'offense
Que tu ne craignais pas de faire à sa puissance ,
Jusque dans le palais de mes vaillants aïeux.

SÉLIME.

Vous offensez sans cesse et la terre et les cieux

OTHALIE.

Vas ! tu payeras cher ton amour exécrable ,
Je vais exécuter un projet redoutable ,
Qui du suprême rang va te précipiter;
Je n'aurai désormais plus rien à redouter.

(*Elle part en fureur suivie de Mirza et de Birba, à la tête de ses gardes.*)

SCÈNE IV.

CLÉOMÈNE, SÉLIME.

SÉLIME.

Je crains peu son courroux, encor moins sa vengeance,
Je saurai la réduire enfin à l'impuissance

De ne rien entreprendre au gré de sa fureur.
Ne vous affligez pas....

CLÉOMÈNE.

Ah! de mon faible cœur,
Je ne puis vous cacher toute l'inquiétude;
Lorsque je vois règner encor l'incertitude
Sur le sort d'un hymen dont le lien sacré
Doit fonder en ce lieu mon culte révéré :
Ne dois-je pas avoir une certaine crainte,
Que ce serment ne soit qu'une odieuse feinte
Pour tromper mon espoir et faire mon malheur,
Au moment même où tout présageait mon bonheur.

SÉLIME.

Mais ne me faites pas cette cruelle injure,
De croire qu'envers vous je puisse être parjure :
Bannissez de votre âme un soupçon odieux,
Qui ternirait l'éclat de ce jour radieux.

CLÉOMÈNE.

Vous ne verrez jamais le sultan Almanzore,
Consentir à l'hymen qu'en son âme il abhorre;
Que son cœur plein d'orgueil doit avoir en horreur.

SÉLIME.

Dissipez vos chagrins qui causent votre erreur,
Et ne vous livrez pas à de vaines alarmes,
Lorsque vous triomphez par l'attrait de vos charmes;
Je ne trahirai pas les tendres sentimens,
Que m'inspirent l'amour, mes vœux et mes sermens.

CLÉOMÈNE.

Je veux quitter soudain ce séjour effroyable.

SÉLIME.

Où tout semble frappé d'un sort épouvantable.

(Sélime prenant la main de Cléomène est aperçu d'Othalie.)

SCÈNE V.

OTHALIE seule.

(Elle voit partir Sélime qui accompagne Cléomène.)

Je saurai déjouer ce complot odieux,
Qu'on vient avec audace ourdir jusqu'en ces lieux.
Le perfide insensible à ma vive tendresse,
Ne m'avait témoigné qu'une hypocrite ivresse ;
Mon amour outragé, l'honneur de mes aïeux,
Tout m'impose à la fois ce devoir glorieux ;

(En regardant de côté et d'autre.)

Ce lieu me fait horreur ; il y règne un silence,
Qui ranime encor plus ma haine et ma vengeance.

SCÈNE VI.

OTHALIE , MIRZA.

MIRZA.

Le fidèle Birba, prêt à vous obéir,
Doit de votre hautesse accomplir le désir ;

Il voulait sur-le-champ connaître le mystère,
Sur lequel mon devoir m'ordonnait de me taire.

OTHALIE.

L'entreprise d'Alphonse est propice à mon sort,
De m'unir aux Chrétiens je n'ai point de remord :
Je crois leur alliance encore plus certaine,
Que des fiers Grenadiens la fureur inhumaine ;
Je préfère cent fois mourir avec honneur,
Que de vivre avilie en un rang inférieur :
Nous devons réunis remporter la victoire,
Alphonse jouira d'une nouvelle gloire :
Et pour récompenser dignement sa valeur,
Je veux qu'il soit assis sur mon trône en vainqueur.

SCÈNE VII.

OTHALIE, **MIRZA**, **BIRBA** s'avance respectueusement.

OTHALIE.

Approche, serviteur, à mes ordres fidèle,
A ta rare prudence, à ton généreux zèle ;
Je voudrais confier la haute mission,
Que toi seul peux remplir avec soumission.

BIRBA.

Commandez, je suis prêt envers votre puissance,
D'accomplir vos désirs avec obéissance.

OTHATIE.

Je reconnais en toi l'honnête serviteur,
Qui me sera toujours soumis avec ardeur,
(*Elle lui remet la lettre qu'elle portait à sa ceinture.*
Prends cette lettre, elle est d'une haute importance,
Tu dois partir soudain dans cette circonstance;
Porte-la sans retard au général chrétien,
Qui sera de mon trône aujourd'hui le soutien.

BIRBA (*prenant la lettre avec hésitation.*)

Ah ! que m'ordonnez-vons, moi trahir ma patrie?
Me soumettre à mon âge à cette ignominie,
Pour servir d'instrument à votre trahison,
Et me rendre odieux par votre ambition;
M'exposer à la mort comme un sujet rebelle,
Quand je suis du sultan le serviteur fidèle;
Je ne flétrirai pas à ce point mes vieux ans,
Je ne trahirai pas la foi des Musulmans.

OTHALIE.

Mais je n'exige pas, vieillard inexorable,
Qu'en voulant me servir tu te rendes coupable;
Enlever Cléomène à son vil ravisseur,
C'est servir l'innocence, être son défenseur;
Dis-moi, dois-je souffrir qu'en ce palais Sélime,
Enivré d'un amour perfide, illégitime,
Sans honte oublie ainsi sa naissance et son rang?
Je sens dans ma fureur s'agiter tout mon sang :
S'il connaissait le cœur de la fière Othalie,
Non! il ne l'aurait pas à ce point avilie!

Ah ! plains une sultane en proie au désespoir,
Ce service important est un noble devoir.

BIRBA.

Ah ! pardonnez, princesse, à mon humble ignorance,
Il fallait éclairer ainsi ma conscience ;
Pour ne pas m'écarter du chemin du devoir,
Être le partisan d'un perfide pouvoir :
Je plains de votre amour la déplorable ivresse,
Tâchez de surmonter cette indigne tendresse.

OTHALIE.

Il n'est plus tems, un charme empoisonne mes jours,
Et le traître a détruit mon bonheur pour toujours;
De tout ce que tu vois ne dis rien au vulgaire
Tu dois au monde entier dérober ce mystère ;
Sache qu'il se prépare un grand événement,
Qui de cet univers fera l'étonnement !
De ton succès dépend le bonheur de ma vie,
Tu tiens en ton pouvoir le destin d'Othalie !

BIRBA.

Vous me verrez toujours agir avec ardeur,
Pour accomplir les vœux qu'inspire votre cœur.

OTHALIE.

Othalie à ton zèle aujourd'hui s'abandonne,
Tu conduiras Alphonse auprès de ma personne ;
Tu prendras des chemins obscurs et détournés,
Jadis par nos aïeux aux Chrétiens destinés.

BIRBA.

Reposez-vous sur moi, vous connaissez mon zèle ;
Et je serai, sultane, à vos ordres fidèle.

OTHALIE.

Je ne sais quel destin me poursuit dans ce jour!
Tout me devient suspect dans ce fatal séjour.

BIRBA.

Il faut vous consoler, ne pas perdre courage,
Et savoir gouverner au milieu de l'orage ;
Tout le monde est soumis à la loi du destin,
Tel est dans l'univers le sort du genre humain ;
L'existence ressemble à la mer agitée,
Que les vents dans l'abîme auraient précipitée.

OTHALIE.

Tu sais quel prix j'attache à cette mission.

BIRBA.

Je vais exécuter votre commission.

OTHALIE.

Il faut être prudent pour que rien ne transpire,
Qui puisse sur le peuple affaiblir mon empire ;
Il ne doit rien savoir de cet événement,
Pars ! et sois désormais fidèle à ton serment.

ACTE V.

Le théâtre représente dans le fond la ville de Grenade en perspective, et sur le devant un Parc avec un Pavillon sur le côté du palais d'Almanzore

SCÈNE I.

MIRZA, MOUSSA.

MIRZA *(s'avance sur la scène accompagné de Moussa.)*

Mais le sort d'Othalie était d'être trompée ;
De l'amour de Sélime aveuglement frappée,
Elle s'abandonnait à son charme divin,
Et se réjouissait de son heureux destin,
Quand d'un malin esprit l'infernale puissance,
Vint détruire aussitôt sa plus douce espérance ;
En mettant un obstacle invincible à ses vœux,
Il n'a pu dans son âme éteindre tous ses feux.
Son cœur qui de l'amour est toujours la victime,
Je dois vous l'avouer, chérit encor Sélime.

MOUSSA.

Othalie en formant de sinistres complots,
D'un immense océan semble agiter les flots :
Dans son terrible cœur l'amour se change en haine,
La vengeance soudain rend son âme inhumaine ;
On la voit s'exalter en des transports affreux,
Qui vont rendre son sort encor plus malheureux.

Oui, Mirza, si j'en crois votre cœur magnanime,
Le même sentiment sans doute vous anime.

MIRZA.

Pourrais-je vous parler sans crainte et sans détour,
Lorsqu'on voit la terreur règner en ce séjour :

(*Avec mystère*)

Quand de l'affreuse nuit l'obscurité profonde
D'un voile aura couvert les crimes de ce monde,
Rendez-vous en silence au pavillon du roi,
Où sans aucun témoin et sans le moindre effroi,
Je vous révélerai de l'amour le mystère,
Qui répand en ce lieu les horreurs de la guerre ;
Sur mon cœur vous savez quel est votre pouvoir.

MOUSSA.

Mirza ! ce tendre aveu ranime mon espoir ;
Et cette expression d'une vive tendresse,
Captive mon amour, me transporte d'ivresse.

(*Voyant venir Sélime*)

Sélime tristement s'avance vers ce lieu.

MIRZA.

Je ne puis demeurer, je dois vous dire adieu.

MOUSSA.

Il perd en un seul jour sa gloire et sa puissance ;

MIRZA.

De Sélime en courroux je dois fuir la présence.

SCÈNE II.

MOUSSA, SÉLIME (*s'avance lentement.*

SÉLIME.

Que je suis malheureux, funeste passion,
Qui fait mon désespoir !

MOUSSA.

Calmez l'émotion
De votre âme toujours pleine d'inquiétude
Qui fait votre tourment dans cette solitude.

SÉLIME.

Je ne puis t'exprimer la peine de mon cœur;
J'ai trahi mon devoir, mon sort me fait horreur.
Puis-je encor me livrer à la douce espérance,
Qu'enfin mon père a mis un terme à ma souffrance,
Qu'il n'opposera plus d'obstacle à mon amour,
Parle, a-t-il décidé de mon sort en ce jour ?
Par tes soins généreux as-tu calmé l'envie,
Du sultan ranimé l'espérance et la vie ?

MOUSSA.

J'ai trouvé votre père en proie à la douleur,
Ses yeux étincelaient de rage et de fureur :
Je suis donc, m'a-t-il dit, déchu de l'espérance
Que m'inspirait mon fils par sa noble vaillance ;
Quand je m'étais flatté de l'orgueilleuse erreur,

Que si l'heureux destin l'avait rendu vainqueur,
Il pourrait être un jour l'appui de ma couronne,
Le vaillant défenseur de ma gloire et du trône.

SÉLIME.

As-tu fait le récit de nos brillants exploits,
Qu'en tous lieux j'ai soumis les peuples à nos lois?

MOUSSA.

Mais vaincu par l'amour oubliant votre gloire,
Nous vîmes hors du camp s'envoler la victoire;
Le Ciel n'inspire plus votre âme d'une ardeur
Qui devait sur le trône affermir sa grandeur:
Voulez-vous dans le sein des honteuses délices,
N'aimant que les mortels qui servent vos caprices
En satrape orgueilleux de pourpre revêtu,
Vivre et règner sans gloire et mourir sans vertu?
Sans jamais être inscrit au temple de mémoire,
Voir flétrir vos lauriers au champ de la victoire?

SÉLIME.

Un prince généreux doit règner par l'amour,
Pour se faire chérir des humains à son tour:
Il vaut mieux captiver leur cœur par mille charmes,
Qu'inspirer la terreur par l'appareil des armes.

MOUSSA.

Pour triompher encor des efforts des Chrétiens,
Sans retard ranimez l'espoir des Grenadiens,
Pourquoi de l'Alcoran fouler la loi divine,
Refuser le bonheur qu'un grand roi vous destine,

Être sourd à la voix des nobles sentimens :
Et dans un vain délire enfeindre vos sermens,
Pour trahir votre père et la foi d'Othalie,
Mettre encore en péril le trône et la patrie ?
Serez-vous à la gloire insensible en ce jour ?
Abjurez je vous prie un si fatal amour,
Qui pourrait vous couvrir d'une honte éternelle,
Quand vous devez jouir d'une gloire immortelle.

SÉLIME.

L'amour prend rarement pour guide la raison,
Et ne peut de mon cœur bannir l'illusion
Qui répand sur mon âme un charme inexprimable,
Que tu prends vainement pour un penchant coupable;
Cet amour qui m'inspire un si doux sentiment,
Pourrait-il m'avilir aux yeux d'un Musulman ?
Mais de l'ambition j'abhorre la furie,
D'où naîtrait la discorde au sein de l'Ibérie ;
De cette passion connais-tu les transports
De ses hideux forfaits les terribles remords ?
Dans notre âme allumant sa flamme dévorante,
S'empare sans frémir de sa proie expirante ;
Et le monde inondé d'un fleuve teint de sang,
Voit l'homme ambitieux se mettre au premier rang :
Ah ! conviens avec moi qu'un amour pur et tendre,
Est souvent préférable aux exploits d'Alexandre,
Qui changent les cités en de vastes déserts,
Répandent la terreur au sein de l'univers..

MOUSSA.

Moi-même de l'amour je connais la puissance,

Qui fait du cœur humain la douce jouissance;
Mais un prince animé d'un pieux sentiment
Ne doit jamais trahir la foi de son serment.

SÉLIME.

Je vais te révéler le tourment de mon âme ;
J'ai souvent condamné cette coupable flamme,
Qui malgré ma raison fera mon désespoir;
Je veux bannir l'amour, rentrer dans le devoir;
Mais une voix m'accuse, elle me désespère,
Elle me dit tout bas que j'ai trahi mon père!
Il me semble le voir plein d'un juste courroux,
Maudire encor son fils qui l'implore à genoux;
Et devant Dieu paraître au jugement suprême,
Venir me reprocher cette faiblesse extrême
Qui me couvre d'opprobre aux yeux du genre humain,
Doit me faire subir le plus affreux destin.

MOUSSA (*en voyant venir almanzore*).

Mais voici le sultan, d'un air sombre il s'avance;
Je vous laisse le soin de votre humble défense.
Aux plus tendres égards Almanzore a des droits,
N'allez pas affliger le meilleur de nos rois;
Inspiré par l'amour, l'honneur de sa patrie,
Il bannit de sa cour la vile flatterie,
Pour faire des mortels triompher les vertus,
Et ranimer l'espoir dans leurs cœurs abattus.

SCÈNE III.

SÉLIME, LE SULTAN ALMANZORE (*suivi d'une escorte de ses gardes.*)

ALMANZORE.

J'avais compté mon fils sur ta rare prudence,
Je me flattais de voir triompher ta vaillance,
Des terribles efforts d'un puissant ennemi,
Que je ne serais pas par ta valeur trahi :
Mais que vois-je, grand Dieu ! tombé dans un abîme,
D'un amour odieux tu deviens la victime !
Et le cœur d'un héros qu'admirait l'univers,
Insensible à l'honneur, est devenu pervers !
Quand devant toi s'ouvrait le chemin de la gloire,
Tu devais demeurer fidèle à la victoire.

SÉLIME.

Au plus grand des malheurs pourquoi me condamner ?
O mon père, ô mon roi, daignez me pardonner.

ALMANZORE (*serrant Sélime contre son sein*).

Mon fils, tu m'es toujours aussi cher que moi-même ;
Sois désormais l'appui de mon pouvoir suprême.

SÉLIME.

Il faut que je dépose au fond de votre cœur
Un secret dont dépend ma vie et mon bonheur.
Je ne pourrais sans crime encore vous le taire ;
Dans le plus grand silence écoutez ce mystère :

Sachez que j'ai conduit Cléomène en ces lieux,
Que cet acte aux Chrétiens doit me rendre odieux.

ALMANZORE.

Réfléchis sur mon sort, mon fils, je t'en conjure;
Veux-tu qu'au rang suprême, en me rendant parjure,
Je m'expose au mépris, sur la fin de mes jours,
Pour vivre aux yeux du monde en l'opprobre toujours?
Ah! prive-moi plutôt d'une exécrable vie,
Que de me réserver à cette ignominie.
Si je faisais un jour le malheur des humains,
En trompant leur espoir, les décrets des destins,
Mon peuple, après ma mort, maudirait ma mémoire,
Flétrirait pour toujours et mon règne et ma gloire.

SÉLIME.

Hélas! nous n'avons plus, pour vaincre le Chrétien,
De nos anciens guerriers l'invincible soutien :
Les Castillans, au nom du Dieu qui les inspire,
Peuvent nous accabler, détruire votre empire;
Vous n'êtes déjà plus au rang des potentats
Qui règnent avec gloire en leurs vastes états;
Pourriez-vous vous flatter, dans votre vaine ivresse,
De courber sous le joug une ardente jeunesse
Qui suça dès l'enfance avec avidité
L'amour de la patrie et de la liberté?
Mon père, croyez-moi, pour sauver l'Ibérie,
Nous devons des Chrétiens adopter la patrie.

ALMANZORE.

Cet aveu pourrait-il nous soustraire au malheur

Qui peut faire périr mon peuple de douleur?
Puisqu'il a mis en moi toute sa confiance,
Je ne pourrais jamais tromper son espérance;
Ses plus chers intérêts doivent être les miens :
Des peuples les bons rois sont toujours les soutiens.

SÉLIME.

Il faut, pour votre gloire, apaiser tant de haine,
Mettre soudain un terme à la misère humaine :
Vous savez que la guerre amène tous les maux,
Qu'elle est de l'univers le plus grand des fléaux;
L'hymen est désormais un moyen nécessaire
Pour calmer le courroux d'un terrible adversaire.

ALMANZORE.

Mon fils, l'espoir commence à renaître en mon cœur :
Des altiers Castillans si tu n'es pas vainqueur,
Je n'en dois accuser que l'ingrate fortune
Qui chassa loin de toi la victoire opportune;
Et je sens se calmer ce sentiment d'horreur
Que m'avait inspiré cette aveugle fureur,
Qui fait, dans ce séjour, le tourment d'Othalie,
Et qui la prive encor du bonheur de la vie.
Je n'immolerai pas à cette vaine ardeur
La gloire de mon trône et l'antique splendeur
Dont brille ma couronne en ce jour d'allégresse;
J'accomplirai, mon fils, les vœux de ta tendresse :
Je consens à l'hymen que désire ton cœur,
Et je ne mettrai plus d'obstacle à ton bonheur,
Qui doit faire le mien.

SÉLIME.

Quelle reconnaissance
Peut jamais m'acquitter d'un acte de clémence
Qui va mettre en ce jour le comble à tous mes vœux,
Et de tous les mortels me rend le plus heureux !
Ah ! quel bienfait !

ALMANZORE.

Mon fils, je dois te dire encore
Que je vais envoyer, dès la naissante aurore,
Des hérauts pour offrir aux Chrétiens les bienfaits
Qui feront naître un jour le bonheur et la paix :
Je veux avec Lopez former une alliance
Qui doit dans tous les cœurs ranimer l'espérance.

SÉLIME.

Je vais tout préparer dans cet heureux séjour
Pour célébrer l'hymen du plus parfait amour.

(*Othalie parait au moment où Sélime prononce ces dernières paroles.*)

SCÈNE IV.

(*Il commence à faire nuit*)

OTHALIE seule.

J'ai découvert enfin la trahison infâme
Qui ranime l'ardeur qui dévore mon âme,
Et je veux m'opposer à l'hymen odieux
Qu'un perfide complot prépare dans ces lieux.

(*En regardant autour d'elle et la nuit devenant plus obscure*)

Mais quel profond silence ! et déjà la nuit sombre
Sur la nature entière a répandu son ombre
Qui dérobe le crime au regard des mortels,
Et mon âme est en proie aux maux les plus cruels !
Tout m'accable à la fois, me porte encore ombrage,
Que vais-je devenir ?... Ne perdons pas courage.
Laissons-la s'obscurcir, cette fatale nuit,
Dont le voile est propice au criminel qui fuit,
Tel qu'on voit dans les cieux fuir les sombres nuages,
Chassés par l'aquilon précurseur des orages,
Mon esprit agité d'une horrible fureur,
De cette nuit chérit le silence et l'horreur.
Et moi qui suis du peuple et l'amante et l'idole,
Je m'abaisse à jouer cet exécrable rôle !
Si l'on m'apercevait en ce lieu ténébreux,
Pourrais-je m'excuser ?... Que mon sort est affreux !
Mais le remords agite en vain ma conscience,
Je dois lui préférer le trône et la puissance
Qui reçoivent partout l'hommage des mortels,
Excitent dans leurs cœurs des désirs criminels.

(*Elle écoute.*)

J'entends venir quelqu'un, serait-ce l'infidèle
Qui fut à mon amour implacable et rebelle ?

SCÈNE V.

(*Il fait nuit.*)

OTHALIE, **MOUSSA** allant au rendez-vous de Mirza. enveloppé dans un manteau.

OTHALIE (*dans un espèce de délire croyant voir Sélime*).

C'est Sélime en personne, et quel fatal destin,
Pendant la nuit, l'amène au près de moi soudain?

(*A part.*)

En dépit de moi-même, hélas! je l'aime encore!
La vengeance et l'amour m'agitent dès l'aurore.
Je sens se ranimer en mon âme une ardeur

(*Elle prend son poignard dont elle menace Moussa.*)

Qui m'excite à plonger ce poignard dans son cœur!
Oui, je veux l'immoler et venger mon offence,
A présent que le monstre est seul en ma puissance.

MOUSSA (*reculant d'effroi.*)

Modérez les transports de votre cœur jaloux;
A Mirza j'ai donné dans ce lieu rendez-vous.

OTHALIE.

Tu voudrais devant moi séduire ta victime,
Pour mettre ainsi le comble à l'horreur de ton crime!
Tu ne connais donc plus l'honneur et le devoir?

MOUSSA.

Princesse, pardonnez, dans votre désespoir,

Vous me croyez un cœur bien cruel et perfide,
Pour que mon bras commette un barbare homicide ;
Non ! je n'aurai jamais des sentimens si vains,
Qui flétriraient la gloire et l'orgueil des humains.
L'amour conduit mes pas dans ce lieu solitaire,
Je n'ai d'autre désir que celui de vous plaire.

OTHALIE.

Dans cet affreux moment ne m'abandonne pas ;
Pour finir mon malheur, donne-moi le trépas :
Rien ne peut désormais m'attacher à la vie,
Quand je me vois aussi cruellement trahie.
De mon cœur ulcéré daigne prendre pitié,
Sans vouloir m'accabler de ton inimitié,
Ou de mon désespoir tu dois craindre la rage

(Le menaçant de son poignard.)

Qui peut causer ta mort pour venger mon outrage.

MOUSSA (*se découvrant.*)

Reconnaissez Moussa.

OTHALIE (*jetant au loin son poignard.*)

Fatale illusion,
Qui malgré moi sans cesse égare ma raison !
Tu vois se dissiper le charme du délire
Qui, sur mon faible cœur, exerçait son empire.
Pars ! Vas dire à l'instant qu'en ce sombre séjour
J'abhorre de Sélime et l'ardeur et l'amour.
Le Ciel, dans sa rigueur, m'aurait-il condamnée
A subir du malheur l'affreuse destinée ?

Mais jure sur l'honneur de ne point découvrir
Les tendres sentimens dont je suis le martyr.

MOUSSA.

Que votre âme n'ait plus aucune inquiétude;
Sultane, je connais votre sollicitude,
Rien ne peut donc au monde apaiser votre amour,
Qui vous rend malheureuse en ce funeste jour.
D'après votre désir, je pars avant l'aurore
Pour me rendre soudain au palais d'Almanzore.

SCÈNE VI.

(*Il fait nuit.*)

OTHALIE seule.

Que les heures, hélas! s'écoulent lentement,
Pour un cœur qui languit au milieu du tourment!
Alphonse peut trouver mon projet téméraire,
Et le désapprouver pour vouloir s'y soustraire :
Bien souvent les humains changent d'opinion,
Suivant leurs intérêts, leur vile passion :
Chez les héros la gloire est l'empire de l'âme,
Qui dans les grands périls constamment les enflamme.
Je vais tout disposer pour le bien recevoir,
Puisque c'est en lui seul que je mets mon espoir.

SCÈNE VII.

(*Il fait nuit.*)

OTHALIE, ALPHONSE et **GONSALVE** précédés de **BIRBA** avec quelques gardes d'Othalie.

OTHALIE.

Approchez-vous, seigneur, soyez sans méfiance ;
Des nobles Castillans j'estime la vaillance.

(*Les prenant à l'écart.*)

Ecoutez de ma part le plus terrible aveu :
Cette nuit j'ai conçu le projet, dans ce lieu,
D'exterminer Sélime, objet de ma vengeance,
Qui, malgré mon amour trompe mon espérance.

ALPHONSE.

Nous sommes animés du même sentiment ;
Il faut enfin punir ce prince musulman.

OTHALIE.

Nous triompherons tous des efforts d'un parjure,
En lavant dans son sang l'affront de notre injure.

GONSALVE.

En moi vous trouverez un zélé défenseur,
Qui vengera vos droits ainsi que votre honneur.

OTHALIE.

Défendez vaillamment les droits de ma couronne,
Je partage avec vous mes trésors et le trône ;

De votre sœur le traître à fait le deshonneur.

ALPHONSE (*en portant la main sur son cimetère.*)

Qu'il tombe sous les coups de ce glaive vengeur.

OTHALIE.

Hâtez-vous de sauver l'innocente victime,
Des odieuses mains du perfide Sélime;
Au lever de l'aurore il l'emmène à l'autel,
Accomplir devant Dieu son projet criminel.
Vous ne souffrirez pas que votre sœur chérie,
Soit aux yeux des humains par un monstre flétrie;

ALPHONSE.

Nous sommes tous d'accord pour venger son honneur,
Punir le crime affreux de son vil ravisseur;
Rien ne peut apaiser notre juste colère,
Arrêter les efforts de notre ardeur guerrière;
Dans Grenade on verra flotter nos étendarts,
Ou bien nous mourrons tous au pied de ses remparts.

OTHALIE.

Il faut au même instant nous emparer du trône,
Et poser sur ma tête aussitôt la couronne.

CONSALVE.

Nous vous seconderons de tout notre pouvoir,
Notre culte et l'honneur nous en font un devoir:
Cléomène en ce jour aura sa délivrance.

OTHALIE.

C'est en vous que je mets toute mon espérance:

Quand du haut des remparts vous verrez le signal,
Accourez pour combattre en ce moment fatal;
Mes partisans alors dans l'ardeur de leur zèle,
S'emparent du palais, vous de la citadelle.

ALPHONSE.

Nos jours à vous servir seront tous consacrés...

OTHALIE.

Mes sermens envers vous seront toujours sacrés;
Amis! pour mon triomphe osez tout entreprendre,

GONSALVE.

Mon bras toujours vainqueur saura bien vous défendre.

ALPHONSE.

On verra les Chrétiens combattre avec valeur,
Triompher pour l'amour et la gloire et l'honneur.

OTHALIE (*avec mystère.*)

Et ma garde fidèle vous servant d'escorte,
De Grenade sans bruit vous ouvrira la porte;
Elle vous conduira dans ce lieu ténébreux,
Avant l'aube du jour par des chemins affreux;
Allez! je me repose en toute confiance,
Sur votre zèle ainsi que sur votre vaillance:
Dès le soleil levant j'attends votre retour,
Pour venger votre sœur et punir son amour.

(*Othalie part en prenant congé d'Alphonse et de Gonsalve; Birba à la tête des gardes les reconduit hors du parc.*)

SCÈNE VIII.

Il fait un jour brillant.

SÉLIME, CLÉOMÈNE entrent au milieu d'un cortège de plusieurs Imans portant un autel où brule de l'encens, accompagnés d'hommes et de femmes tenant des guirlandes de fleurs.

SÉLIME (*s'arrêtant au milieu de la scène avec le cortège.*)

Je m'empresse de rendre un éclatant hommage,
A vos vertus qui font l'ornement de votre âge;
Le sultan qui n'est plus l'ennemi des Chrétiens,
Consent à nous unir par de tendres liens.

CLÉOMÈNE.

Ah! cet heureux présage apaise ma souffrance,
Réveille dans mon cœur l'amour et l'espérance.

SÉLIME.

Déjà des messagers précipitent leurs pas,
Pour que l'on mette un terme à l'horreur des combats;
Ils vont avec Lopez contracter l'alliance,
Que les Maures devront à leur noble vaillance;
La paix réunira les braves Grenadiens,
Sous l'étendart sacré protecteur des Chrétiens;
Rien ne s'oppose plus à l'amour légitime.....

CLÉOMÈNE.

Je puis vous avouer et sans honte et sans crime,
Que je me réjouis de l'heureux avenir,
Que présage l'hymen qui va nous réunir;

Cette faveur n'est pas un triomphe illusoire,
Vous aviez dans mon cœur remporté la victoire.

SÉLIME.

Cet avœu me transporte au comble du bonheur,
Et nous en jouirons au sein de la splendeur :
Dans cet heureux séjour tout s'embellit, s'apprête,
Pour offrir à l'amour la plus brillante fête ;
En ce jour l'hymenée enchaîne les amours,
Par un lien sacré va nous unir toujours.

(*On entend le cliquetis des armes, le son des trompettes et des cymbales dans le lointain. Tout le cortége se retire précipitamment.*

SCÈNE IX.

Les Précédens **MOUSSA**, **TIMBA** suivis de plusieurs officiers maures, ayant leurs cimetères à la main.

MOUSSA (*accourt auprès de Sélime.*)

Nous sommes tous trahis, la perfide Othalie,
Veut au joug des Chrétiens soumettre sa patrie ;
S'emparer de Grenade en bravant le trépas ;
Tous jurent votre perte au milieu des combats.
De Cléomène on voit le redoutable frère,
De son glaive guider la cohorte étrangère.

SÉLIME.

Il faut vaincre ou mourir, chasser hors de ces murs,
D'un perfide ennemi les vestiges impurs.....

MOUSSA.

Fuyez, vous péririez malgré votre innocence,
Victime du complot ourdi par leur vengeance.

SÉLIME (*prenant le cimetère que lui remet un guerrier.*)

Moi fuir? non, je mourrai les armes à la main;
De la gloire je veux vous montrer le chemin.

MOUSSA.

L'inconstante fortune, infidèle à nos armes,
A vaincu nos guerriers au milieu des alarmes;
Le Maure épouvanté fuit devant son vainqueur,
Qui ne rencontre plus d'obstaale à sa valeur.
Et n'espérez pas voir un pieux héroïsme,
Dans les combats défendre encore l'Islamisme;
Nous ne pouvons plus vaincre, Alphonse furieux,
S'avance pour venger son honneur et ses dieux.

SÉLIME (*à Cléomène qu'il serre dans ses bras*).

Vous serez aujourd'hui le prix de la victoire,
A vaincre sous vos yeux je mets toute ma gloire.

TIMBA.

Alphonse dans Grenade à l'instant même admis,
Combat avec fureur dans les rangs ennemis.
Que n'ai-je en ce moment terminé ma carrière,
Et tout couvert de sang, de sueur et de poussière,
Je songe à vous, seigneur, je m'échappe et j'accours,
D'un bras souvent vainqueur implorer le secours.

CLÉOMÈNE (*se presse contre le sein de Sélime.*)

Ne nous séparons pas, cher époux que j'adore,
Nous serons protégés du Seigneur que j'implore;
Il n'est pas insensible aux malheurs des humains,
Sa suprême bonté va changer nos destins.

SÉLIME.

Aux cœurs cruels qu'au moins notre amour fasse envie:

CLÉOMÈNE.

Jurons de ne jamais nous quitter de la vie.

(*On entend le redoublement du cliquetis des armes.*)

TIMBA.

Nos guerriers sur leur sort ont trop longtems gémi.

SÉLIME.

Aux armes, nous allons combattre l'ennemi.

(*Ils partent tous Sélime à la tête, à l'exception de Cléomène.*)

SCÈNE X.

CLÉOMÈNE seule (*les voyant partir.*)

Ah! je vais recevoir des blessures mortelles,
Qu'au plus tendre des cœurs ont fait des mains cruelles;
Que mon sort est affreux, les vaincus, le vainqueur,
Affligent tour-à-tour ma patrie et mon cœur :
Je suis abandonnée à la merci du monde.

Et mon âme ressent une peine profonde,
Hélas! rien ne présage un terme à ma douleur,
Mon destin me condamne à mourir de terreur;

(*Voyant venir Othalie à la tête de la troupe.*)

Ciel! que vois-je? Othalie et mon terrible frère,
Vont porter en ce lieu le fléau de la guerre;
Ils sont tous animés d'une horrible fureur,
Qui va répandre encor l'épouvante et l'horreur.

SCÈNE XI.

CLÉOMÈNE, **ALPHONSE** et **GONSALVE** à la tête des Castillans conduisent **SÉLIME** prisonnier avec plusieurs officiers maures.

OTHALIE ET BIRBA (*à la tête de leur troupe entrent précipitamment.*)

OTHALIE (*montrant de la main Sélime et Cléomène.*)

Voici le ravisseur ainsi que sa victime;

CLÉOMÈNE (*en courant se mettre sous la protection de Sélime.*)

O Ciel!

OTHALIE.

Il faut punir l'amour illégitime;
Sur ce traître à ma voix n'épargnez pas vos coups,
Remportez la victoire et le trône est à nous!

GONSALVE (*à Sélime.*)

C'est toi qui m'as ravi mon amante chérie,
Qui l'as par ton amour indignement flétrie.

SÉLIME.

Elle est malgré ta haine encor chère à mon cœur.

GONSALVE.

Je te méprise enfin comme un vil séducteur.

(En portant la main sur son cimetère.)

Qu'il tremble !

SÉLIME.

En ce moment si le malheur m'opprime,
Ce n'est pas que je sois le partisan du crime ;
Ma naissance et mon rang m'imposaient le devoir
De ne pas en despote abuser du pouvoir.
Jamais le vain orgueil d'une stérile gloire ,
N'a flétri mes lauriers au champ de la victoire.

CLÉOMÈNE.

Sélime ne fut pas insensible au malheur ,
En me faisant l'accueil d'un généreux vainqueur ;
Il n'a pas des Chrétiens reçu la récompense ,
Que devait mériter sa noble bienveillance.

ALPHONSE.

Allez ! nous connaissons l'excès de votre amour.

CLÉOMÈNE.

Mais la vertu flétrie ainsi dans un seul jour,
Peut dans un jeune cœur détruire la semence
Qu'elle aurait fait germer au sein de l'innocence ;
Ah ! ne m'accablez pas d'un injuste courroux,
Cléomène est toujours digne d'elle et de vous.

OTHALIE *(à Alphonse.)*

Qui vous retient encor ? que Sélime succombe,
Et que son corps sanglant descende dans la tombe;
Pourquoi différez-vous d'accomplir mes desseins.
Quand le moindre retard peut changer nos destins.
A l'instant même il faut punir son âme altière.

ALPHONSE *(s'approche de Sélime le glaive à la main.)*

Que ce fier ennemi morde enfin la poussière !

GONSALVE.

Qu'il expie à nos yeux ses horribles forfaits !

SÉLIME.

J'ai toujours consacré ma fortune aux bienfaits.

ALPHONSE *(en plongeant son glaive dans le sein de Sélime)*

Il faut qu'il meure !...

CLÉOMÈNE (*s'interpose entre Sélime et Alphonse.*)

Arrête une main criminelle !

GONSALVE.

Il est coupable !

SÉLIME (*portant la main sur sa blessure.*)

O Ciel ! ma blessure est mortelle !
J'expire !

(*Il tombe dans les bras de deux soldats maures accourus pour le soutenir.*

OTHALIE.

Et je triomphe ! Alphonse est le vainqueur,
La victoire est à nous !

CLÉOMÈNE.

Je suis dans le malheur.
Grand Dieu! voici Lopez!

SCÈNE XII.

Les Précédens **LOPEZ** suivi de plusieurs Chevaliers castillans, **ALMANZORE** suivi d'une escorte de Maures.

CLÉOMÈNE (*allant au devant de son père.*)

Ah! sauvez-nous, mon père,
Et d'Alphonse appaisez l'implacable colère!

ALMANZORE (*voyant Sélime blessé*).

Que vois-je? c'est mon fils!

(*Il le serre contre son sein.*)

CLÉOMÈNE (*montrant Alphonse*).

C'est lui dont la fureur
D'une odieuse mort répand ici l'horreur.

SÉLIME.

O que ma destinée en ce jour est cruelle!

ALMANZORE.

La gloire fut toujours à ton destin rebelle.

SÉLIME (*mourant, à Cléomène qui s'approche de lui.*)

Au moment d'être heureux je vais finir mes jours;
N'oubliez pas Sélime, il vous aime toujours:

Le charme du bonheur ne me fait plus envie,
Je ne puis supporter le fardeau de la vie ;
Et plaignez dans votre âme un amant malheureux,
Victime de l'amour et d'un complot affreux !

CLÉOMÈNE (*avec une vive émotion.*)

Et c'est au moment même où le tendre hyménée
Devait avec Sélime unir ma destinée,
Qu'Alphonse, transporté d'une barbare ardeur,
Porte le coup mortel qui lui perce le cœur.

ALMANZORE.

Mon fils, que je t'embrasse au déclin de ta vie !
Tout le monde te plaint; tu meurs pour la patrie.
Hélas ! je te suivrai jusqu'au bord des tombeaux
Où le monde jouit d'un éternel repos.

ALPHONSE (*à part.*)

Une voix que je crois être la conscience
Condamne cet excès d'une aveugle vengeance.

SÉLIME (*d'une voix mourante.*)

Mais n'allez pas venger sur Alphonse une mort
Qui termine mes jours en paix et sans remord.

(*On transporte Sélime mourant hors de la scène, il est suivi d'Almanzore et de son escorte.*)

SCÈNE XIII.

Les Précédens à l'exception de **SÉLIME** et **D'ALMANZORE** avec une escorte qui accompagne le corps de Sélime.

LOPEZ (*à Alphonse.*)

Quel courroux t'animait, lorsqu'avec Almanzore
Je traitais de la paix pour nous unir encore,
Et que je consentais à l'heureuse union
Pour règner avec gloire en cette région,
Tu portais l'épouvante au sein de la contrée,
Tu violais de Dieu la clémence sacrée,

ALPHONSE.

Nous n'avons pas trahi d'aussi sacrés devoirs,
Quand le roi nous donna pour vaincre des pouvoirs,
Dans cette région notre antique patrie,
Nous devions conquérir notre gloire flétrie,
Ne pas abandonner le sol de nos aïeux,
Triompher ou mourir dans ce jour glorieux.

GONSALVE.

C'est dans cette sincère et pieuse croyance,
Que nous combattions tous avec zèle et vaillance

ALPHONSE.

J'ai cru qu'en triomphant des peuples grenadiens,
J'assurais pour toujours la victoire aux Chrétiens.
Et j'étais animé par l'altière Othalie,
Elle guidait mes pas pour venger l'Ibérie.

CLÉOMÈNE.

Dans le regard d'Alphonse est peint le repentir ;
D'une vive douleur l'on voit qu'il est martyr :
La sultane Othalie est la seule coupable,
C'est elle qui forma ce complot exécrable.

OTHALIE.

Oui, c'est moi qui conçus cet horrible dessein,
Pour me rendre propice un barbare destin ;
Je devais par mon rang m'élever jusqu'au trône,
De mes nobles aïeux conquérir la couronne ;
Alphonse avec ardeur secondait mes projets,
Il aurait avec moi gouverné mes sujets ;
Cruellement trompée en ma juste vengeance,
Je n'ai plus de bonheur, ni même d'espérance,
Je ne puis de mon âme apaiser la fureur,
Et j'ai pour l'existence une profonde horreur.
Je préfère la mort, que m'importe la vie,
Je suis désormais dans le monde avilie ;
Je vais cacher ma honte au milieu des déserts,
Je veux être oubliée au sein de l'univers.
Du plus perfide amour déplorable victime

(*Elle prend son poignard.*)

Dans l'asile des morts je veux suivre Sélime :
Je ne puis vivre en proie au tourment du remord,

(*Elle s'enfonce un poignard dans le sein.*)

Et je n'ai plus d'espoir que dans l'affreuse mort.

(*Elle tombe dans les bras de Birba entourée de ses gardes.*)

J'expire, c'en est fait, vous avez la victoire ;

(D'une voix expirante)

Je ne ternirai plus l'éclat de votre gloire ;
Et lorsque vous touchez au comble du bonheur,
Vous voyez terminer mes jours dans la douleur,

(D'une voix mourante.)

Je meurs en abjurant une folle tendresse ;
Mais oubliez mon crime et plaignez ma faiblesse.

ALPHONSE.

Victime d'un amour qui fut trop malheureux
Le Ciel t'a réservé le sort le plus affreux !
Ton rang comme tes droits te conduisaient au trône ,
Tu perds en un seul jour la vie et la couronne.

(Les gardes la transportent hors de la scène.)

NOTA : Lors de la représentation sur un théâtre , le drame pourrait finir et le rideau pourrait tomber après cette scène.

SCÈNE XIV.

CLÉOMÈNE , GONSALVE , ALPHONSE , LOPEZ , ALMANZORE suivi de plusieurs Maures , **LE ROI FERDINAND** précédé d'un **HÉRAULT** et suivi d'une escorte de Chevaliers castillans.

LE HÉRAULT.

Le roi !

FERDINAND.

Lorsque des Sarrasins nous sommes les vainqueurs,
Rien ne doit arrêter le noble essor des cœurs ;
Il faut que les Chrétiens règnent dans leur patrie,
Et que les Africains chassés de l'Ibérie,
Ne viennent plus troubler le bonheur de la paix ;
Que leur joug odieux disparaisse à jamais.

ALMANZORE.

Qui vous donne le droit de ravir ma couronne ?
Enlevez-moi la vie, ou laissez-moi le trône.
J'avais mis mon espoir dans la douce vertu,
Pour soulager les maux de mon cœur abattu ;
Et j'éprouve en ce jour qu'il n'est plus d'espérance
Lorsqu'un malheureux prince a perdu sa puissance.

ALPHONSE.

Mais pourquoi s'exhaler en un si grand courroux,
Quand Grenade conquise est désormais à nous.

LOPEZ.

Nous ne subirons plus le joug de l'esclavage,
Nous devrons notre gloire à notre seul courage ;
Les Chrétiens, héritiers d'un nom si glorieux,
Seront par leur valeur dignes de leurs aïeux.

GONSALVE (*à Almanzore.*)

Va revoir les déserts de la brûlante Afrique,
Pour professer ton rit barbare et fanatique ;

ALMANZORE.

Si des arts l'Ibérie est l'opulent séjour,

Elle en est redevable à ce glorieux jour;
Où des fiers Sarrasins le zèle et le courage,
En ont fait des Chrétiens le superbe héritage :
La lumière à grands flots inonde l'Orient,
Ainsi l'astre du jour éclaire l'Occident.

ALPHONSE.

Entre le Maure et nous il n'est plus d'alliance,
Qui peut mettre d'accord nos vœux et la vaillance
Qui doivent affermir le règne des Chrétiens
Sur l'empire déchu du roi des Grenadiens,
Il doit fuir pour toujours une terre ennemie,
De son joug odieux à jamais affranchie.

ALMANZORE.

Forcé par le destin d'abandonner ces lieux,
Théâtre des exploits de mes vaillants aïeux,
Où dois-je aller finir ma vie encore errante?
Contre l'adversité ma raison impuissante
Ne peut plus me donner aucun sage conseil.
Je dois partir avant le lever du soleil,
Et ne revoir jamais ces lieux où ma puissance
Brilla dans tout l'éclat de sa magnificence;
J'ai tout perdu, mon fils, mon trône et mes états,
Ah! j'aurais dû mourir au milieu des combats!

FERDINAND.

Et lorsque sans pitié l'univers l'abandonne,
Sensible à son malheur, je veux qu'on lui pardonne;
Les erreurs d'un grand roi, les exploits d'un héros;
Qu'il finisse ses jours dans le plus doux repos.

Rendez-lui son sérail, ses bijoux, sa richesse,
Qu'il ne soit plus plongé dans l'affreuse tristesse,
Et que la joie encor renaisse dans son cœur,
Qu'il soit désabusé de sa vaine grandeur.

LOPEZ.

Quant à toi, Cléomène, après cette journée,
Avec Gonsalve il faut remettre l'hyménée;
Lorsque nous jouirons d'un destin plus heureux,
Nous pourrons de vos cœurs accomplir tous les vœux.

IMPRIMERIE DE GŒTSCHY FILS ET COMPAGNIE,
RUE LOUIS-LE-GRAND, N° 35.

www.ingramcontent.com/pod-product-compliance
Ingram Content Group UK Ltd.
Pitfield, Milton Keynes, MK11 3LW, UK
UKHW031855260826
14628UKWH00002B/797

9 782019 298005